LE CHANT D'ORPHÉE
SELON MONTEVERDI

Philippe Beaussant

Le chant d'Orphée
selon Monteverdi

essai

Fayard

Préambule

Un de mes amis m'a dit un soir, alors que nous venions d'écouter religieusement, au coin du feu, un admirable enregistrement de l'*Appassionata* : « Ce qui m'ennuie chez Beethoven, ce n'est pas Beethoven. C'est Romain Rolland... »

Nous avons ri. Moi, un peu jaune. Les mille cinq cents et quelque pages de Romain Rolland sur Beethoven, je les connaissais, et je comprenais bien la pensée de mon ami : qu'on laisse donc la musique tranquille ! À quoi bon ces longs commentaires qui tournent en rond autour d'elle, alors qu'il suffit d'écouter Rubinstein... Tant de mots, tant de pages pour expliquer, ou plutôt compliquer, ce qui s'est déroulé sans mots avec une telle simplicité d'évidence...

Bien entendu, il avait raison.

Sauf pour une phrase, que Romain Rolland a écrite au début de *Musiciens d'autrefois* et qui mériterait au contraire d'être imprimée en lettres d'or sur la page de garde de tous les ouvrages qui prétendent nous raconter l'histoire des hommes :

« Chose étrange qu'on ait pu prétendre donner un aperçu de l'évolution de l'esprit humain, en négligeant une de ses plus profondes expressions... »

Pourquoi la musique tient-elle si peu de place dans l'histoire, telle qu'on nous la raconte dans les livres ? N'est-ce pas une pitié que de feuilleter ces savantes sommes qui disent nous présenter la synthèse d'une époque, d'une culture, d'un siècle, d'un règne, et qui en effet parlent de tout, d'économie, de sociologie, de littérature, d'architecture, de peinture et du reste, et qui consacrent, si même elles le font, deux pages d'une affligeante banalité à l'art des sons, généralement vu de l'extérieur, comme témoignage purement social : opéra (fêtes princières), musique de chambre (vie de société), opérette (bourgeoisie montante). Point.

N'y a-t-il donc rien à en dire ?

*

La vérité est double.

D'abord, la musique paraît aux esprits rationnels un art fait de choses (sont-ce même des choses ?) fluides, incontrôlables, invérifiables, pire : non mesurables. On peut parler d'un tableau, parce qu'il est là ; d'une façade de palais, parce qu'elle ne disparaît pas au bout d'une demi-heure comme dans un conte. Qu'est-ce que l'*Appassionata* peut ajouter à l'histoire de la pensée qui soit communicable, démontrable, quantifiable, quand on a parlé de Hegel, de Goethe et de Schiller ? Qu'est-ce que le langage de Debussy ajoute à Proust ? Que peut-on dire sur sa musique, qui n'ait été exprimé par l'évocation de la sonate de Vinteuil, qui d'ailleurs n'existe pas ?

Il y a ensuite une difficulté presque insurmontable à

qui veut parler de musique, et qui suffirait à rebuter ceux dont les bonnes intentions lui auraient volontiers laissé une place dans leurs écrits. Aussitôt qu'on sort des termes généraux et des périphrases gonflées d'adjectifs afin d'être un peu précis (aussi précis que lorsqu'on décrit un tableau ou une façade), le lecteur qui ne sait pas le solfège a le sentiment qu'on veut l'humilier en lui parlant à dessein une langue qu'il ne peut comprendre, exclusivement destinée à ceux qu'il nomme, avec un curieux mélange de respect et de condescendance : « les spécialistes ».

La question est : peut-on écrire sur la musique sans faire de périphrases et sans se contenter de l'analyse des enchaînements de tonalités ?

*

Il faut le faire. Romain Rolland a raison : la musique est *l'une des plus profondes expressions* de l'esprit humain : il y a même des choses qu'elle seule sait dire, d'autres qu'elle dit avec une netteté et une force que n'atteignent pas, ou malaisément, péniblement, d'autres disciplines, d'autres langages et d'autres arts. Et ne pas parler d'elle, dans certains cas, c'est retrancher, de manière coupable, une part de la vérité.

Parler de la Renaissance sans parler de sa musique, c'est une mutilation. La musique y pèse d'un poids aussi grand que les autres arts : et surtout elle est liée du même lien qu'eux au mouvement de la pensée. Qu'on se le dise : les humanistes ont pensé musique *avant* de penser peinture…

Erwin Panofsky, notre maître à tous, nous a montré il y a cinquante ans dans son grand *Essai d'iconologie* que pour saisir le sens d'une œuvre, il ne suffisait pas de la regarder avec amour, mais qu'il fallait la considérer en tenant compte de mille éléments en apparence extérieurs à elle, et qui en sont constitutifs. Impossible par exemple de parler du Titien sans parler de Marsile Ficin et des humanistes néoplatoniciens.

Mais il est aussi impossible de parler de Monteverdi sans parler du Titien et sans suivre à la trace les humanistes néoplatoniciens : et quand on emboîte leurs pas, que trouve-t-on ? Orphée…

*

Je vais donc m'efforcer de faire ce qui ne se fait pas. Je vais parler de l'*Orfeo* de Monteverdi, parce que c'est une œuvre belle, chaleureuse et émouvante, construite sur l'un des plus beaux mythes imaginés par les hommes.

Mais je vais le faire en faisant appel à tout ce qui communique avec lui : Laurent de Médicis, Isabelle d'Este, Pic de la Mirandole, le Tasse, Bramante, le Titien, sans parler de Virgile et d'Ovide, et des musiciens : Giaches de Wert, Peri, Tromboncino…

Ce livre n'est pas destiné aux « spécialistes », ceux qu'on appelle « musicologues ». Il me faudra toutefois parler de musique avec les mots qu'elle suppose. Ceux qui ne savent pas le solfège, qu'ils se rassurent : lorsqu'ils écoutent ce dont je parle, ils entendent exactement ce que je dis : ils ne savent pas, simplement, le nommer. Ils sont d'ailleurs moins démunis qu'un ignare à qui on parle informatique : le langage technique de la musique n'est que descriptif. Quand il m'arrivera d'utiliser les mots du solfège ou de l'harmonie, ce sera pour être un peu précis, et pour leur dire que ce qu'ils entendent ne se fait pas n'importe comment. La musique n'est pas cet art où les choses se passeraient sans qu'on sache pourquoi et dont on ne pourrait parler que par des périphrases creuses.

Ainsi quand je dirai que, lorsqu'il se trouve, à l'acte III, face au terrible Charon qui chante en *fa* majeur, Orphée réplique en *sol* mineur, je dirai une chose aussi simple, j'évoquerai un contraste aussi rude, incongru et volontairement agressif que si je parlais de passer sans transition d'une bouchée de pommes de terre à l'ail à une cuillerée de crème à la vanille : cela ne se fait pas et on comprend bien pourquoi. Monteverdi fait une rupture harmonique rude, pour nous faire *entendre* qu'on passe du langage d'une brute à celui d'un demi-dieu, le maître du chant.

Est-ce si compliqué ? Mais pouvais-je me contenter d'une périphrase, même d'une évidence culinaire ?

Que ceux qui n'ont pas la pratique du langage musical se disent qu'ils n'ont pas moins d'oreille ni moins de cœur. Qu'ils me fassent la faveur de ne pas sauter les courtes phrases où je parlerai de notes de musique. Qu'ils les lisent au contraire, sans fausse honte, et avec toujours plus d'admiration pour Monteverdi, qui nous fait entendre des choses si extraordinaires avec des moyens aussi simples, et dont jamais une intention ne se perd.

Qu'ils se rassurent : j'en mettrai le moins possible.

Je ne ferai pas de références précises à la partition : chacun peut facilement s'y retrouver.

En revanche, pensant à ceux qui aiment cette œuvre mais ne savent comment se débrouiller avec les notes de musique, j'indiquerai de page en page des renvois à un enregistrement. J'ai choisi celui que dirige Gabriel Garrido, comme étant l'interprétation à mon sens la plus juste. Cela n'engage que moi, bien entendu. L'indication

CD 2, 3, 1'37 signifiera, on l'a compris : disque 2, plage 3, à 1'37 du début de la plage.

Je ferai beaucoup de citations du livret, qu'il faut pouvoir déguster en italien même si on n'a pas grande connaissance de la langue de Dante.

Toccata

Qui se joue avant le lever de la toile
Trois fois avec tous les instruments

L'*Orfeo* s'ouvre par une puissante et un peu rude fanfare, un hennissement de cinq doubles croches à la trompette, qui se poursuit, puis se reprend, s'élargit, se transforme en un galop, et s'achève comme un appel : le tout en seize mesures, sur un unique accord et que Monteverdi ordonne de jouer trois fois.

Cette fanfare héroïque, volontairement violente, appuyée sur son *ré* majeur inamovible, semble planer très loin et très haut, très loin en tout cas de ce qu'évoque pour nous le nom d'Orphée.

Mais peut-être ai-je eu tort d'écrire : l'*Orfeo* « s'ouvre ». Cette Toccata n'est pas ce que nous appelons une ouverture. Elle n'a rien de commun avec ce moment musical particulier auquel quatre siècles d'opéra nous ont accoutumés, durant lequel, dans notre fauteuil, cessant de parler à notre voisine, alors que le rideau n'est pas encore levé, dans une attente un peu fébrile et pourtant déjà détachée de ce qui était une minute auparavant notre vie et notre pensée, nous commençons à nous préparer à ce qu'ont élaboré ensemble un compositeur, des chanteurs, des musiciens et notre monde imaginaire.

Ce qu'on appelle l'ouverture, c'est un passage, une transition, très exactement ce que les astronautes et les sous-mariniers appellent un *sas* : entre cette vie d'il y a une minute et que nous appelons réelle, et cet autre monde qui va nous absorber durant plusieurs heures en nous faisant oublier qui nous sommes. Six ou sept minutes durant lesquelles Mozart, sans nous le dire, va subrepticement nous introduire dans le caquetage de *Così* ou dans l'urgence du désir de Don Giovanni ; où Wagner déjà colore le monde et aménage notre âme aux surdimensions de son univers fantastique. Durant l'ouverture, nous ne sommes pas encore dans le spectacle, mais déjà nous sommes prisonniers de lui – et nous voulons l'être.

Justement : la Toccata de l'*Orfeo* n'est pas une ouverture ; elle n'« ouvre » rien. Elle n'est pas dans l'œuvre, mais de ce côté-ci du monde. Le 24 février 1607, lorsque s'élancent les premières fusées de trompettes, ce n'est pas le silence qui se fait, comme dans nos théâtres : la salle dut au contraire être tout à coup pleine de bruit. Tout le monde se lève : le duc entre. Cette musique est un signal. Puis elle devient l'accompagnement de la très réelle, très présente, très officielle entrée du duc Vincenzo Gonzaga dans le lieu du spectacle, qui n'est pas un théâtre, mais une salle de son propre palais. Les musiciens qui font sonner leurs instruments éclatants *(clarino, tromboni, cornetti)* ne sont probablement même pas ceux de l'orchestre réuni par Monteverdi : ce sont les *suonatori* ordinaires du palais ducal. Peut-être ne sont-ils même pas mêlés aux autres, mais placés dans la salle ou sur une tribune. Leur présence et leur fanfare n'ont rien qui surprenne : on doit en entendre de même genre au début d'un tournoi ou d'un banquet. L'année suivante, quand on jouera l'*Arianna*, hélas perdue, il en sera de même et le chroniqueur habituel de la cour de Mantoue, Federico Follino, en racontant la fête, parlera tout simplement du « signal accoutumé du son des trompettes ».

Rien qu'un signal, donc. Ce qui est étonnant, ce n'est pas que cette fanfare retentisse, c'est que Monteverdi se soit donné le mal de l'écrire : il n'y était pas obligé. Cela ne faisait pas partie de ses fonctions. Premier symptôme de ce que cette œuvre a d'inhabituel, et Monteverdi de méticuleux. Jusqu'à la dernière note, pas un détail, pas une triple croche ne lui échappera.

*

Ce duc, qui entre à l'instant où retentissent les trompettes de la Toccata, pendant que tout le monde se lève et que tous les visages se tournent vers lui – particulièrement ceux des dames, s'il y en a – est un personnage assez étonnant. Nous avons la chance que Rubens l'ait peint, et comme Rubens est un portraitiste de génie, c'est-à-dire capable, au travers et au-delà des traits d'un visage, de décliner la totalité d'une personne, Vincenzo Gonzaga nous apparaît sous son pinceau plus vrai que vrai.

Il est grand, puissant, gros mais d'un embonpoint plus moral encore que physique, suggérant plus de vigueur qu'il n'étale de graisse, plus de tournois que de banquets, plus d'orgueil que d'empâtement. L'orgueil transpire par tous les pores, la vanité aussi : dans la barbe, dans les moustaches, dans les cheveux ondulés, dans la conscience que le duc en a. C'est un orgueil dédoublé, une vanité à double fond : l'orgueil d'être orgueilleux, la vanité d'être un vaniteux conscient et fier d'être vaniteux. Mais tout cela avec tant d'énergie, une telle assurance, une telle verdeur, qu'on finirait par ne plus y voir des défauts. Est-ce qu'on reproche à la pyramide de Khéops d'être une pyramide? Ce duc est un duc, point à la ligne.

Ce duc a une duchesse, qui se prénomme Éléonore et qui est une Médicis. C'est la deuxième. La première était une Farnèse, ce qui n'est pas mal non plus. Peut-être les Farnèse sont-ils plus délicats ou plus susceptibles que les Médicis, ou bien la première duchesse était-elle trop sensible : en tout cas elle semble s'être enfuie dans un couvent au bout de deux ans, la pauvrette. La seconde tient bon. Elle est la propre sœur de cette Marie qu'a épousée Henri IV, et c'est la raison pour laquelle le duc s'est rendu à Florence le 6 octobre 1600 pour assister au mariage par procuration de sa belle-sœur : c'est à cette occasion qu'il a vu et entendu cette fameuse *rappresentazione* qui racontait tout en musique l'histoire d'Eurydice. Le compositeur s'appelait Peri, et ce spectacle demeure pour nous la première tentative de ce que nous appelons l'*opéra*. Nous y reviendrons.

C'est pour avoir été jaloux de cette *Eurydice* que lui est venue l'idée de faire mieux et qu'il a commandé à Monteverdi, son propre musicien, de composer un *Orphée*. Aussi, ce soir, sept ans plus tard, lorsque Vincenzo traverse la galerie au son de cette Toccata, ne doutons pas qu'il vienne assister à la démonstration de la supériorité de son duché de Mantoue sur celui de son beau-frère de Toscane. Tout le monde dans l'assistance l'a compris. Monteverdi aussi. Cela n'empêche pas le duc d'aimer les arts, tous les arts, sincèrement et même avec une certaine compétence ; à une condition : qu'ils proclament sa gloire.

Saluons la vanité, remercions l'orgueil, quand ils suscitent des chefs-d'œuvre.

*

L'amour de l'art, tous les arts, ce n'était pas une nouveauté chez les Gonzague, en particulier durant la totalité du XVIe siècle, durant lequel ils firent de Mantoue l'un des centres politiques mais surtout artistiques, de l'Italie. Ces cent vingt ou cent trente ans de vie culturelle sont d'autant plus intéressants que chacun de ces princes, tout en s'inscrivant dans la continuité de cette tradition héritée qui lui faisait en quelque sorte obligation d'apporter à sa ville et à son palais un surcroît de beauté, chacun la poursuivait en suivant son propre tempérament, ses manières et son goût.

Si notre duc Vincenzo, qui règne à Mantoue de 1588 à 1612, aime les œuvres d'art avec cette sorte de gourmandise baroque – et il aime de la même manière les voyages, les chasses, les réceptions, les habits, les femmes, le jeu –, son père Guglielmo les a aimées autant, sinon davantage, d'une façon plus raffinée, mais aussi efficace ; son grand-père Federigo, avec emphase ; et son arrière-grand-mère, Isabelle d'Este, a préféré se cloîtrer dans son *studiolo*, avec au plafond un petit rébus qui voulait dire « silence » et, tout autour d'elle, les tableaux allégoriques peints par Mantegna, le Pérugin, Lorenzo Costa, spécialement choisis pour donner à penser.

L'un après l'autre, ils ont fait du palais ducal de Mantoue un incroyable labyrinthe architectural, sans cesse agrandi, recomposé, redécoré, où se côtoient tous les styles. Lorsque, en 1590, Monteverdi entre au service du duc en tant que joueur de viole, c'est devenu l'une des plus somptueuses demeures d'Italie, et même d'Europe. Des rudes tours massives aux mâchicoulis agressifs jusqu'aux belles galeries ornées de fresques, de la vieille façade sur la place, civique et honnête, aux cours intérieures, à *la chambre des époux* peinte par Mantegna, à l'église Santa Barbara, nichée au milieu du palais, c'est un dédale. La beauté y règne en maîtresse. Ce n'est pas un palais : c'est un musée; mais un musée où l'on entendrait (avant même Monteverdi) quelques-unes des plus belles musiques d'Italie et où la poésie, parfois, serait chez elle.

Il faut prendre la mesure d'un pareil contexte artistique.

L'art ne naît jamais de rien. La beauté possède un pouvoir d'entraînement qui engendre la beauté, et surtout dans un lieu où tout est fait pour qu'elle demeure. Au-delà (ou en deçà) des changements du goût et des styles, cette continuité va constituer pour nous un élément essentiel, car Monteverdi est au bout. Dire qu'un siècle et demi de vie artistique est la préparation, l'élaboration d'une seule œuvre serait, bien entendu, exagéré : il n'en est pas moins frappant de considérer le nombre d'éléments intellectuels et artistiques qui auront effectivement convergé vers celle-ci; et d'autre part, de se demander si c'est vraiment par hasard qu'en 1480, cent vingt-sept ans avant l'*Orfeo*, on a joué dans ce même palais ducal et peut-être, qui sait, dans la même salle, *La Favola d'Orfeo* de Poliziano, première esquisse lointaine et pourtant précise de ce qu'allait être, un jour, l'opéra.

*

Isabelle d'Este. Parlons d'elle, tout d'abord.

Elle est marquise de Mantoue puisque, lorsqu'elle épouse Franscesco Gonzaga en 1490, on n'est encore que *marchese*. On sera duc après elle.

Étrange femme, étrange époque…

À quarante ans, elle fait encore ses petits thèmes latins avec son professeur, Gallino. Elle lit Virgile dans le texte. Elle platonise l'amour. Elle écoute l'Arioste lui lire les brouillons de son *Roland furieux*, à mesure qu'il l'écrit. Elle commande des tableaux à Mantegna et au Pérugin. Elle est sage, réservée, toujours fidèle à son Franscesco de mari qui ne le lui rend pas.

Et de l'autre main, dans un autre monde, auquel elle est liée mais sans en être, elle est la belle-sœur de Lucrèce Borgia et de César (qui lui écrit de petites lettres : « Très illustre et excellente Madame, honorée commère, très chère sœur… »). Elle est la sœur du terrible Ferrante d'Este et du non moins terrifiant Alphonse.

Ici, on pétrarquise. Là, on s'assassine au coin des rues, on s'empoisonne, ou bien on crève les yeux d'un homme parce qu'une femme a eu l'imprudence d'avouer qu'elle les trouvait beaux…

La prima donna del mondo : c'est ainsi qu'on l'a surnommée de son temps, et c'était vrai. Le surnom vaut toujours, après cinq siècles. Léonard de Vinci nous a légué son profil, un simple dessin, un peu de fusain, quelques touches de pastel, mais quel front, quelle bouche, quel beau menton, et quel regard on devine sans vraiment le voir…

À elle seule, Isabelle d'Este est un abrégé, un condensé, un concentré de la Renaissance, dans ce qu'elle a de plus pur, de plus gracieux et, en définitive, de plus intelligent.

Car il y a plusieurs manières d'être, comme on dit, « de son temps ». On peut faire de soi-même un résumé de ce que les gens moyens (*mediocris*, en latin) aiment et désirent. On peut aussi, avec plus d'ambition, vouloir se placer au centre de ce que les gens intelligents (*intelligentsia*, en russe) pensent et imaginent. Dans l'un et l'autre cas, ce n'est plus grand-chose lorsque ce temps, justement, « a passé » : ce qui était au centre s'est décentré, ce qui était neuf ne l'est plus, et l'on s'aperçoit, mais trop tard, que ce n'était ni intéressant ni nécessaire.

On peut aussi désirer être « en avance » sur son temps. Ce n'est pas grand-chose non plus si l'on n'est qu'un prélude à ce que l'avenir apportera de médiocre (en latin, bien entendu).

Autre chose est de concentrer sur soi (par le hasard qui fait qu'on est marquise, ou riche, ou belle, ou intelligente, ou aimable, ou aimée, ou tout à la fois) ce que les siècles vont reconnaître, et d'avoir reconnu soi-même ce que le temps va ratifier. Alors, et indépendamment de ce qu'on est (belle, souriante, gracieuse, intelligente), il arrive qu'on devienne ce qu'on appelle un *témoin*, et justement de ce qu'il ne fallait pas oublier. Un aide-mémoire, si l'on veut : et je remarque que les femmes (l'intuition, peut-être ? quel cliché ! – disons le flair...) jouent beaucoup mieux ce rôle que les hommes : Christine de Pisan, Marguerite de Navarre, madame de Pompadour, mademoiselle de Lespinasse... quels *témoins* ! et si émouvantes, toutes.

Isabelle d'Este, souriante (mais pas toujours), belle, gracieuse, savante et surtout intelligente, en est bien un, et des plus grands. Peut-être n'y est-elle pour rien, à part le fait qu'elle ait été marquise de Mantoue ; elle aurait pu être marquise et sotte, d'autres l'ont été. Ou se contenter d'être adorée de tous : il semble qu'elle l'ait été, même des autres femmes, ce qui généralement est un bon signe. Les rois faisaient un crochet par Mantoue quand ils passaient par l'Italie pour y faire la guerre. Les peintres aussi, et les poètes : et ceux-ci lui envoyaient leurs vers accompagnés de lettres où ils disaient leur espoir qu'elle les mettrait en musique et les chanterait en s'accompagnant de son luth. Flatteurs ? Non : elle chantait bien. Elle écrivait partout et, de partout, de France, d'Espagne, d'Autriche, d'Irlande, on lui répondait : les seigneurs, les lettrés, les diplomates, les courtisanes, les papes. Elle voulait tout savoir. Elle invitait, elle convoquait avec impatience quiconque pouvait lui apprendre quelque chose de nouveau. À peine les compagnons de Magellan avaient-ils amarré qu'elle mandait l'un d'eux, Pigaffetti, pour savoir, d'urgence, comment est fait l'autre côté de la terre, depuis si peu de temps devenue ronde.

Et tout cela depuis ce minuscule *studiolo* et cette minuscule *grotta* où elle vivait, pensait et considérait le monde : le monde incroyable de ces incroyables années, 1490-1530, où peignaient Léonard, Raphaël, Michel-Ange ; où naviguaient Colomb, Vasco de Gama, Magellan ; où Galilée regardait pour la première fois par le bout de sa lorgnette ; où Luther cassait la continuité de quinze siècles de chrétienté, où l'on imprimait les premiers livres, quelques-uns pour elle. Son immense correspondance parle de tout : des sauvages des Indes, de Luther, du tombeau de Jules II, de Michel-Ange, de la toilette de Lucrèce Borgia, de la bataille que gagne son époux, des premiers textes imprimés à Venise par Alde Manuce...

Pendant dix-huit ans, elle a travaillé à la décoration de son petit repaire, et c'est là qu'il faut essayer de la saisir, non pas seulement pour comprendre qui elle était – après tout, cela ne nous concerne plus – mais pour justement entrevoir en elle, ce qu'elle *révèle* de son siècle, celui qui débouche, en partant d'elle, sur l'*Orfeo* de Monteverdi : à proportion qu'elle est témoin, il est, lui, conclusion.

*

Ce n'est que par l'imagination qu'on peut aujourd'hui reconstituer ce *studiolo*. Il suffit de réunir par la pensée ce lieu, précieux comme un coffret à bijoux, d'en regarder le plafond, avec son petit message secret (« silence… ») au milieu des entrelacs dorés, et d'y replacer les tableaux qu'elle a commandés, aujourd'hui éparpillés dans les musées du monde et enfin de l'y mettre, elle : elle écoute l'Arioste lui lire son *Roland* en cours de composition ; elle récite des vers de Pétrarque, elle les chante ; elle converse avec Baldassare Castiglione sur le véritable amour. Et quel que soit le thème, le sujet traité, on s'apercevra qu'elle tenait dans ses mains toutes sortes de fils, qui vont se croiser et se tricoter durant un siècle entier et dont on découvrira les bouts, ou le tissu, dans l'*Orfeo*.

*

Commençons par la musique, puisque c'est ce qu'on oublie toujours dans les livres d'histoire.

Isabelle d'Este chantait en s'accompagnant de son luth : celui, sans doute, que l'on voit sur un coin de la marqueterie du *studiolo* avec même, en toutes notes, une phrase de musique d'Ockeghem et même les paroles « Prendes sur moy ». Elle avait appris le chant avec un certain Jean Martin, Flamand natif d'Armentières. Elle disait aussi les vers en jouant au luth, ce en quoi elle montrait un juste sens des choses, puisqu'on ne récite bien que si on a appris à chanter.

Quelle importance? dira-t-on. Tant d'autres belles dames ont poussé la chansonnette sans que l'histoire de la musique en soit bouleversée... Mais justement pas quand il s'agit d'elle.

En Italie au XVe siècle et au début du XVIe, deux musiques coexistent et s'ignorent. De l'une, nous reparlerons un peu plus tard : elle est savante, très savante même, complexe, abstraite, polyphonique; pour l'essentiel, elle est entre les mains de musiciens d'origine flamande; on verra pourquoi. L'autre est directement liée à la tradition populaire : c'est un art bien latin, fait de chansons, *canzone, canzonette, frottole, stambotti, barzelette*, improvisées la plupart du temps, à voix seule. La musique officielle, ce n'est pas celle-ci, c'est la première.

Or, à la fin du XVe siècle, les humanistes, les lettrés, les poètes, parce que les mots ont pour eux de l'importance alors que la musique polyphonique dissout et liquéfie la poésie dans la luxuriance de ses lignes sonores entrecroisées, vont commencer à s'intéresser à ces airs simples où l'on comprend ce qui se dit et dont le rythme, l'allure, les intonations, peuvent s'accommoder d'un texte. Ainsi, vers 1470, cette musique du peuple va devenir de manière d'abord curieusement élitiste, dans certains cénacles fermés, une musique de culture. Cela se passe à Florence, à Ferrare, à Urbino et, plus qu'ailleurs, à Mantoue : simplement parce qu'Isabelle d'Este, entourée de luthistes, de violistes, de chanteurs et de poètes, chanteuse elle-même, luthiste elle-même, rimant elle-même, a pris goût à la chose ; c'est ainsi qu'une marquise peut influer sur l'histoire de la musique. Elle va donner une impulsion à un genre jusque-là souterrain et accorder à ces chansons de rues leurs lettres, au sens propre, de noblesse.

On connaît les musiques qui ont été composées autour d'elle et chantées dans ses galeries et dans son repaire. Elles sont délicieusement simples, coulantes, pleines de charme et l'on comprend, à les entendre, l'exact passage qui mène de ces mélodies populaires à une poésie musicale : quand on entendra, à l'acte II, Orphée chanter une *frottola* enjouée et rythmée, il faudra se souvenir de celles, composées par Tromboncino ou Casa, soixante-dix ans plus tôt, pour Isabelle : ni l'allure, ni la pulsation, ni même les paroles ne sont différentes.

Par le biais de cet art, à la fois populaire par sa forme et aristocratique par sa manière, s'est faite, en marge de l'art officiel et consacré, l'alliance de la poésie et de la musique, qui est l'enjeu majeur de l'évolution de la musique à la Renaissance. Parce qu'on est libéré du carcan de la structure polyphonique, on va commencer à jouer musicalement avec les mots, à rythmer selon la langue : à terme, c'est le madrigal qui va naître – avec, entre autres, Tromboncino et Casa – et qui rattrapera ultérieurement, par la bande, la musique savante. C'est un des plaisirs que l'on prend à lire l'histoire, celle des arts comme celle de la politique, que de suivre ses méandres et de s'amuser à regarder les tours de passe-passe auxquels elle se livre à l'insu des hommes qui en sont les acteurs, ou les marionnettes. Dans ce recoin de l'histoire de la musique, c'est ici l'un des plus jolis : comment la sublime musique polyphonique, officielle dans toute l'Europe depuis Pérotin et Philippe de Vitry, s'est trouvée court-circuitée par la connivence inattendue de la musique populaire et de la pratique aristocratique. Tout l'avenir de la musique, la naissance même d'un art musical dramatisé, était à ce prix. En tout cas, sans la pratique de la *frottola*, du *cantar all'improviso*, du *cantar alla viola* ou *al liuto*, la récitation dramatique de la fin du XVIe siècle n'aurait pu naître, et donc ni l'*Euridice* de Peri, ni l'*Orfeo*.

*

Bien des personnes sont passées dans le *studiolo*, pour un soir ou en hôtes assidus revenant aux jours réglés : poètes, chanteurs, baladins, luthistes et violistes, érudits et gens de cour. Baldassare Castiglione : il nous regarde, de ses yeux doux et tristes, sur son portrait par Raphaël, au Louvre, avec son grand béret et son demi-sourire. C'est lui qui est au premier plan de *La Cour d'Isabelle d'Este ou le Triomphe de la poésie* que Lorenzo Costa peignit pour la *grotta*. Il était né à Mantoue, et il a servi Isabelle et son fils Federico, gardant avec eux ce vieil attachement lorsque, après 1504, il fut passé au service du duc d'Urbino.

Il n'a écrit qu'un seul livre, sur ses vieux jours. Ou plus exactement, il l'a travaillé pendant vingt ans, l'a lu et relu aux amis, dans l'intimité du *studiolo* ou à Urbino. Il l'a retouché, l'a fignolé, l'a peaufiné, cent fois sur le métier, l'a fait imprimer, a fait relier quelques beaux exemplaires sur riche papier (on a les lettres où il les commande), un pour Isabelle d'Este, un pour son fils Federigo, un pour la duchesse d'Urbino, un pour Charles Quint : et quand tout fut prêt, il mourut.

Il y a dans l'histoire certains de ces livres, que tous les contemporains auraient rêvé d'écrire, qui les comblent quand ils les lisent parce qu'ils le reconnaissent comme s'ils l'avaient fait eux-mêmes. *Il Cortegiano* est de ceux-là. On l'a traduit dans toutes les langues, réimprimé plus de cent fois. On le savait par cœur, on le récitait. C'était le modèle de l'honnête, du bon, du généreux, du bien élevé, du bien pensant, bien parlant, bien seyant, bien veillant ; et il le restera. *Il Cortegiano* transcrit un idéal humain dont l'essentiel dérive, un peu édulcoré mais pas trop, de ce néoplatonisme né à Florence quelques décennies plus tôt et dont nous ne cesserons de parler, parce que la Renaissance est incompréhensible sans lui.

Ce dont nous ne devons pas douter, c'est qu'à la première représentation de l'*Orfeo*, il n'y avait pas un spectateur qui ne le sache par cœur et qui n'y reconnaisse ce qu'il croyait, ce qu'il pensait et ce qu'il aimait. Ce qu'il entendait, ce qu'il voyait était, sur la scène devant lui, une réplique vivante, une mise en théâtre et en musique de son livre favori, qui avait été celui de son père et de son grand-père. L'amour d'Orphée pour Eurydice était calqué sur ce qu'avait pu lire Isabelle d'Este soixante-dix ans plus tôt sur son bel exemplaire relié et doré, ou qu'elle avait entendu lire de la bouche même de Castiglione. « Quelle sera donc, ô amour très saint, la langue mortelle qui pourra dignement dire tes louanges ? Très beau, très bon, très saint, tu viens de l'union de la beauté et de la bonté et de la sagesse divine. En elle tu demeures et en elle, par elle, comme en un cercle, tu retournes. Très douce chaîne du monde, allant des choses célestes aux terrestres… fais-nous entendre l'harmonie céleste si bien accordée… »

Langage convenu ? Galimatias moralisateur de parfait courtisan ? Affectation de vocabulaire précieux avant la lettre ?

Méfions-nous, et d'abord de nous-mêmes. L'une des plus graves erreurs que l'on puisse commettre quand on interroge la Renaissance, dans ses tableaux comme dans ses écrits, consiste à la juger en termes de « morale », que ce soit, d'ailleurs, dans un sens ou dans l'autre. Notre temps n'aime pas ce langage et dès qu'il entrevoit dans le vocabulaire certains mots (*virtù*, par exemple), il se ferme comme une huître, ou bien ricane : la morale n'a rien à faire avec l'art, qui est libre. Mais s'il s'agissait seulement d'une mauvaise lecture ? Ce que nous croyons être les préjugés des temps anciens, ce sont parfois ceux du nôtre.

Il n'y a ni langage convenu, ni affectation, ni moralisme tartuffe dans *Il Cortegiano* et c'est au contraire de son langage et de sa pensée qu'il faut se pénétrer. C'est la manière dont les hommes de ce temps se voyaient eux-mêmes, l'idée qu'ils se faisaient du monde (tel qu'il devrait être), et en particulier de l'amour : quand Orphée se trouvera face à Eurydice, exactement comme vient de le suggérer Baldassare Castiglione, il lui faudra faire un petit crochet vers le ciel, le soleil et les constellations, avant de regarder celle qu'il aime.

Si Isabelle d'Este est un témoin, dans toute l'ampleur de sens que j'ai dite, Castiglione l'est tout autant. Si l'on a fait durant un siècle plus de cent rééditions de son ouvrage, si on l'a traduit en français, en espagnol, en anglais, et même en latin, c'est bien parce qu'on ne le trouvait pas « convenu », ni « affecté » : c'est parce qu'un tel livre correspondait à l'attente des lecteurs, qu'ils s'y reconnaissaient, qu'ils y retrouvaient leurs désirs et s'émerveillaient de s'y retrouver eux-mêmes – Isabelle d'Este la première.

*

Il n'est pas inutile non plus de faire un tour dans le petit repaire d'Isabelle d'Este. Castiglione demandait qu'on lève les yeux vers l'harmonie céleste : quand on entre dans le *studiolo*, il faut regarder le plafond, et ce qu'on y lit n'est pas bien différent.

S'il ne reste plus grand chose des trésors éparpillés dans les musées du monde, rien n'a changé au-dessus de notre tête : c'est-à-dire, parmi les entrelacs dorés, un symbole par mètre carré.

Sa devise, un peu partout : *Nec spe, nec metu* (ni par désir ni par crainte). Dans un coin, un candélabre à trois branches, dont une seule est allumée : « *Unum in tenebris sufficit* ». Un jeu de cartes : Ô destinée humaine… Au milieu, bien en vue, un petit rébus musical, sur lequel on s'est interrogé pendant des siècles, sans arriver à le déchiffrer. Voulez-vous la clef? On l'a retrouvée. Une clef d'*ut*, justement : la voix de contralto d'Isabelle. Des signes de mesure : *tempus perfectum.* Des silences. Au bout, la barre de reprise : recommencez. On le peut en effet, de gauche à droite, puis de droite à gauche et l'on se dit que si on avait le bonheur d'habiter sous ce plafond, de pouvoir lever les yeux entre deux pages du livre qu'on lit, entre deux morceaux qu'on jouerait sur son luth, entre deux pensées, entre deux paroles à un ami (Castiglione, ou l'Arioste, ou Niccolo da Corregio, ou Pietro Bembo), quelque chose en effet de la ronde des sphères se mettrait en marche, ou, comme le chanteront les bergers et les nymphes à l'acte premier de l'*Orfeo* « les rondes plus gracieuses que celles que les étoiles, dans la nuit noire, dansent au ciel pour la lune »…

On lève les yeux vers le plafond : des symboles. On les baisse et on regarde les tableaux : des allégories. Pour

Isabelle d'Este (et pour ses contemporains), l'art ne consiste pas seulement à étaler des formes sur une toile, mais à donner à penser. Pensait-elle trop ? Peut-être : il y a tant de volonté d'idées dans les peintures du *studiolo* qu'on a parfois du mal à s'y retrouver.

Que signifie *Le Parnasse* de Mantegna, qui trônait au centre ? Le déchiffrer n'est pas facile, et c'est désespéré si l'on n'a pas quelques connaissances sur ce qui se passait à Florence, dans l'entourage de Laurent de Médicis, avec Marsile Ficin commentant le *Timée* de Platon et Pic de la Mirandole commentant Marsile Ficin. L'Italie de la Renaissance (et donc toute la Renaissance) est incompréhensible sans cela. On s'en apercevra dès les premières notes du prologue de l'*Orfeo*.

Il faut au moins se pénétrer de l'idée que rien ne doit se regarder (sur un tableau) ni s'écouter (dans *l'Orfeo*) au premier degré : et c'est bien pour cela qu'il fallait faire ce long détour par le *studiolo*, ce qu'on y voit *(Le Parnasse)*, ce qu'on y lit (Castiglione). Qu'est-ce que *Le Parnasse* ? Pourquoi Mars et Vénus ? Francesco et Isabelle ? La guerre et l'amour ? Le combat quotidien (vêtu) et la pensée pure (nue) ? Ces neuf beautés qui dansent si joliment : les neuf Muses ? La ronde des étoiles dans l'harmonie du monde (on en parlera à chaque scène de l'*Orfeo*) ? Le vilain Vulcain moqué par l'Amour : l'amour terrestre, face à celui, tellement plus beau, de Mars et de Vénus (Francesco et Isabelle) ? Et ainsi de suite : ne jamais se contenter de ce qu'on voit, même si on s'en délecte tellement c'est beau.

À côté du *Parnasse*, *La Cour d'Isabelle d'Este* de Lorenzo Costa, dont le vrai titre est *Le Triomphe de la poésie*. Une belle et douce femme (Isabelle encore ?) couronnée par un enfant (l'Amour ?), parmi des musiciens, dont un joue de la lyre (Orphée ?), un autre de la *viola da braccio* (Tromboncino ?), et au premier plan un homme qui a bien l'air d'être Baldassare Castiglione en personne, avec sa barbe et son regard pensif. À droite une femme nue, qui rêve aussi. Au centre, deux autres couronnant un petit agneau et un petit taureau. Au fond, des hommes se battent.

Plus loin, commencé par Mantegna et achevé, après sa mort, par Costa, *L'Histoire du dieu Comus* : on y voit la Vénus céleste, tendre et douce, et la Vénus terrestre, alanguie. Un jeune homme se dirige vers la première, sans un regard vers l'autre. Au fond, des musiciens. À droite, de nouveau des hommes se battent.

De Mantegna encore : *Minerve chassant les vices*, et du Pérugin *Le Combat de l'Amour et de la Chasteté*.

Isabelle d'Este aimait-elle plus les idées que la peinture ? Quel mécène a écrit cent quatre-vingts lettres à ses peintres pour préciser sa pensée et les détails de la mise en page (cinquante-trois au Pérugin pour un seul tableau, avec, au bas de l'une d'elles : « Je vous indique tout cela sur un petit croquis... ») ?

Mais ce n'est pas ainsi qu'il faut poser la question : Isabelle est un *témoin*. Quand nous caressons du regard les douces peintures de la Renaissance, la *Vénus d'Este*, la *Danaé* du Corrège, et aussi les Annonciations et les Nativités, essayons de les lire, de les déchiffrer. La beauté que nous y trouvons et que nous aimons, devons-nous nous contenter de la caresser du regard sans nous poser de questions ni chercher à savoir si, en plus d'être en beauté, elle a un sens ? Si nous peinons à comprendre les allégories du *studiolo* ou celle du *Printemps* de Botticelli, n'est-ce pas faute de les relier à une pensée ? Le musée est parfois une prison pour les œuvres d'art, isolées de leur fonction. La salle de concert peut l'être aussi, quand elle nous fait oublier que l'*Orfeo* a un lien nécessaire avec les autres arts. Ce n'est évidemment pas un hasard si, à Mantoue, en 1480, on a chanté *La Favola d'Orfeo* de Poliziano. Car tout se tient et ce long fil, qui passe par la poésie, par la peinture et par la musique, se déroule d'une manière plus continue qu'on ne croit.

Passer du *studiolo* d'Isabelle d'Este au palais du Té de son fils Federigo, c'est d'abord changer d'échelle. Elle était marquise, il sera duc. Elle régnait sur le monde depuis son boudoir des Mille et une nuits ; il va bâtir, avec la complicité de Giulio Romano, cette énorme chose qu'on ne sait trop comment nommer, qui fait semblant d'être encore plus grande qu'elle n'est, et même fait semblant de faire semblant. De vraies colonnes de fausse pierre en brique affectent de ne reposer sur rien ; les clefs de voûte des fenêtres s'amusent à soulever les frontons ; les triglyphes de la frise feignent de se déglinguer, pour l'humour de la chose. La mythologie devient une fête joyeuse, jubilante, gaillarde et même un peu paillarde, et dans la *salle des Géants*, tout s'écroule dans une parodie générale. C'est « beau comme l'antique », mais à l'envers. Ainsi, il existe une grandiloquence du maniérisme, comme il y a une afféterie du classicisme. On ne croyait pas cela possible : un baroquisme avant la lettre, dépassant même parfois dans la volubilité bruyante ce que le Baroque proposera de plus fou.

Tout change à nouveau avec le duc Guglielmo, comme si chaque génération travaillait à exagérer le contraste avec la précédente : mais durant ce long règne (1550-1587), ce qui se met en place, ce sont les conditions, les moyens, les outils qui vont permettre à l'*Orfeo* de Monteverdi d'être ce qu'il sera.

Guglielmo fut un grand souverain, de ceux qui comptent dans l'histoire. Il était si vilain qu'on l'appelait *il Gobbo*, « le bossu » ou, plus justement, « le tordu ». Il avait un front démesuré (son grand-père Francesco l'avait déjà bien bombé, à l'âge de dix ans, sur son profil par Mantegna...). Pourtant, sur le portrait posthume qu'a peint Rubens, on devine une douceur, une affection de l'âme, qui lui venait peut-être de sa laideur. Ne pas être attirant oblige parfois à rentrer en soi-même, à mieux soigner la délicatesse de l'âme, et à la transmettre par quelque biais à ceux qui vous regardent. C'est ainsi, apparemment, qu'on voyait le duc Guglielmo.

Il a bâti, lui aussi, et en particulier la belle église Santa Barbara, au milieu même de son palais : mais aussitôt, il l'a remplie de musique, car sa passion à lui, c'était cela. Passion n'est pas un mot trop fort. Étant duc, il a voulu faire de Mantoue malgré Rome, malgré Venise, une capitale de la musique. Il composait, des madrigaux et des motets, et même une messe, Palestrina et Giaches de Wert lui en ont fait de grands éloges : croyons-les sur parole. Ce n'est pas le plus l'important ; ce qui compte chez un mécène, c'est la compétence avec laquelle il pouvait parler avec les artistes, les choisir et les faire travailler.

Tout ce qui, en fait de bons musiciens, passait à sa portée, était sollicité par le duc Guglielmo. Tous faisaient d'ailleurs un crochet par Mantoue lorsqu'ils voyageaient. On vit passer Palestrina, Orazio Vecchi, Luca Marenzio, ou bien des chanteurs de renom, ou des luthistes. Quand il pouvait, il les embauchait. Ceux qu'il ne pouvait pas avoir à lui, il les empruntait. Quelquefois, il les dérobait ;

et les manœuvres d'*il Gobbo* pour détourner deux chanteurs de la cour de Parme ou un fameux ténor de celle de Plaisance sont assez friponnes, à travers les archives. Il avait fait de Giaches de Wert le maître de chapelle de Santa Barbara et le compositeur des fêtes musicales et des concerts de son palais. On a perdu les musiques festives ; il nous reste ses messes. Mais les madrigaux publiés par ce fameux musicien flamand, italianisé comme tant de ses confrères et compatriotes, sont remarquables ; ils constituent à eux seuls un résumé du chemin musical que traverse le XVIe siècle : il mène droit à Monteverdi qui, à son arrivée à Mantoue en 1590, travailla six ans sous sa férule.

*

La musique italienne de la Renaissance, comme je le disais, a suivi deux chemins, d'abord parallèles, avant qu'ils ne se rejoignent ; et l'étonnant n'est pas tant cette coexistence première (toute musique a, plus ou moins, une veine populaire et une autre, qu'on dit savante), que leur rencontre.

J'ai parlé, trop rapidement, de la première, avec cette étrange déviation aristocratique, qu'Isabelle d'Este, parmi d'autres mais mieux qu'eux, a affectionnée et pratiquée et à laquelle elle a donné une impulsion particulière. L'essentiel, c'est que les formes simples de cette musique des rues et des champs, devenue celle des châteaux et des cours, ont fait alliance avec la poésie, elle-même depuis si peu de temps issue de la langue populaire.

Il faut maintenant aborder l'autre versant : celui dont les *frottole* et *canzonette* entendaient se séparer, et qui l'ont fait d'une manière aussi volontairement provocante qu'aurait été vers 1930 d'affirmer qu'on préférerait Maurice Chevalier à Igor Stravinsky ou « Je veux revoir ma Normandie » à *Wozzeck* : il n'est pas plus exagéré d'affirmer que le XVIe siècle est l'un des moments les plus vertigineux de l'histoire de la musique. Le changement d'esthétique qui s'opère alors est aussi radical que celui qui mène de *Aïda* à *Pierrot lunaire*, dans un temps aussi court, mais dans un sens exactement inverse.

L'affaire est si importante qu'il faut s'y attarder un moment.

*

Toute musique, qu'elle soit populaire ou savante, d'ici ou de là, d'hier ou d'aujourd'hui, est par essence l'art du Temps de l'homme. Sa nature, en Inde ou à Bali comme à Covent Garden, consiste à couler avec lui. Le peintre fige le regard et nie le Temps. Il anéantit le passé et refuse au futur l'existence pour s'immobiliser sur l'immuable présent de la *Joconde* ou de l'*Homme au gant*. La musique, elle, s'écoule avec nous, en même temps que nous. Elle dérobe un fragment de notre propre durée et la modèle à son gré, nous obligeant à suivre sa pulsation, à nous identifier aux méandres qu'elle dessine et à vivre nos propres minutes selon les lois qu'elle a fixées. Pendant toute la durée de la *Cinquième Symphonie*, l'écoulement de notre Temps est devenu le sien.

Mais il y a plusieurs manières de le faire. Le musicien peut laisser filer le temps au gré des émotions qui se succèdent et s'enchaînent en nous. Il peut aussi le dessiner, le broder, l'ourler, faire une dentelle du son au long du Temps. Il peut encore faire de l'architecture : et c'est précisément ce qu'a voulu être la musique du XIVe, du XVe et en partie du XVIe siècle.

Vers le XIe siècle, les hommes ont commencé à apprendre à suivre en eux-mêmes, et dans le même fragment de temps, plusieurs chemins mentaux simultanés. C'est l'un des plus extraordinaires bouleversements de la pensée durant les quelques millénaires qui nous précèdent. Il se fait par la musique, ou du moins c'est la musique qui le révèle : Romain Rolland a raison, la musique témoigne de l'histoire de l'esprit humain. C'est elle, la musique, qui a inventé, au cœur du Moyen Âge, cette incroyable discipline de l'esprit, qui consiste pour l'homme à démultiplier sa psyché et, au long de l'écoulement de son Temps, de cheminer à la fois selon deux, trois, quatre itinéraires séparés : c'est ce qu'on appelle la polyphonie, c'est-à-dire l'art, non pas simplement d'émettre plusieurs sons à la fois, mais de penser à la fois plusieurs mélodies autonomes, ayant chacune son propre dessin et sa propre logique.

L'art musical de ce temps consiste donc à émettre des sons, sans autre but que de créer de la beauté par le seul entrelacement de lignes mélodiques autonomes : une beauté absolue, qui ne soit redevable ni au sentiment, ni aux mots, à rien qui ne soit une architecture intérieure de l'esprit, transcrite par la musique.

La musique qui naît ainsi vers le XIIe siècle s'élabore, puis culmine au XVe et au début du XVIe, a lentement perfectionné jusqu'à la virtuosité l'ordonnance complexe de sa polyphonie. Elle se joue de ces constructions abstraites exactement comme, à la même époque (Romain Rolland a encore raison), l'architecture du gothique tardif s'amuse avec des voûtes, des archivoltes, des tiercerons et des contre-clefs entièrement gratuits, dénués de toute raison d'être fonctionnelle. Le *Canon à*

36 voix (trente-six voix!) d'Ockeghem, ou sa *Missa cujusvis tonis* sont construits *dans le Temps* exactement de la même manière que les entrelacs que dessine, *dans l'Espace*, l'art flamboyant. Allez à Brou, levez la tête : vous entendez cette musique-là.

Mais la perfection et le raffinement de cet art, comme tout dans ce monde, ont leur défaut de cuirasse : il est si complexe dans sa structure, les voix glissent si subtilement les unes sur les autres, qu'on en oublie *ce qui est dit*. La musique peut-elle faire fi des mots? Peut-on dire indifféremment *Christe eleison* et *L'Homme armé*? Peut-on composer une messe sur les notes *ré, ut, ré, ut, ré, fa, mi, ré*, simplement parce que leur nom calque les voyelles de *Er-cu-les, dux Fer-ra-ri-ae* (Ercole, duc de Ferrare) ? La musique de ce temps se moque des paroles, son sens est ailleurs.

C'est cette musique-là, infiniment savante, précieuse aux deux sens du mot, virtuose non pas du son brillant mais de la pensée, c'est celle-là qui au XVe siècle est la musique « officielle ». C'est celle qu'on chante dans les églises, du moins dans les cathédrales, les collégiales et les chapelles palatines ayant une maîtrise de bons chanteurs : et l'on comprend la petite révolte, et aussi le cadre social dans lequel s'effectue la rébellion de personnes cultivées, humanistes et raffinées, qui se sont mises à désirer que la musique puisse redevenir aussi poésie et que l'émotion dérange un peu l'emberlificotage des lignes architecturales. C'est ainsi qu'ils se mirent scandaleusement à préférer les chansons de rue à la sublime abstraction.

Or il se trouve que c'est dans les prospères Flandres de ce XVe siècle que s'est épanoui cet art tout conceptuel, et c'est de là principalement qu'il s'est répandu sur l'Europe entière, et sur l'Italie accueillante et gourmande, en particulier.

C'est l'un des paradoxes de l'histoire des arts, que ceux du Temps et ceux de l'Espace ne fassent presque jamais coïncider leurs moments d'épanouissement, comme si les hommes ne parvenaient pas à bien dire deux choses à la fois. Quand triomphe la musique, c'est rarement l'heure de la peinture. Où sont les grands peintres allemands du temps de Schumann et de Brahms? Mais l'inverse est vrai : quand l'Italie ne sait plus où donner du pinceau, de Fra Angelico à Ucello, de Botticelli au Corrège, de Vinci à Michel-Ange, de Raphaël au Titien, c'est des Flandres que viennent ses musiciens.

Pourquoi les Italiens n'ont-ils pas connu au XIVe siècle un art polyphonique aussi brillant que les Français et les Flamands? On ne peut pas répondre, si ce n'est par une autre question : pourquoi n'ont-ils pas connu non plus l'art gothique dans sa splendeur? L'Italie n'a pas parcouru le cheminement qui va lentement de Conques à Cluny, de Cluny à Chartres, de Chartres à Amiens, puis à Rouen, puis à Brou. Son art roman existe en Toscane, et puis s'arrête. S'il fleurit à Naples et dans les Pouilles, il est né en Anjou puisque les rois de Naples et de Sicile, en ce temps, viennent des bords de la Loire. L'Italie n'a pas vécu intérieurement la naissance du gothique, ni sa progressive évolution : elle est passée directement du byzantin au gothique déjà élaboré, presque renaissant par son esprit. Pourquoi? On ne peut répondre qu'en constatant que sa conception de l'architecture intérieure de la musique par la polyphonie manifeste exactement la même lacune, au même moment. Son gothique n'est pas italien, il est immigré. Sa polyphonie aussi : ses grands musiciens se nomment Gaspard Van Weerbeke, natif d'Audenarde, chanteur du pape à Rome; Guillaume Dufay, né à Chimay, chez le pape encore, et à Florence; Adrian

Willaert, né à Bruges, musicien à Ferrare, à Milan, puis maître de chapelle à Saint-Marc de Venise; Jacob Obrecht, né à Berg-op-Zoom, à Ferrare; Josquin des Prés, qui apparaît pour la première fois à Milan; Jacques Arcadelt, à la chapelle Sixtine; Cipriano da Rore, de la Rouzée de son vrai nom, né à Malines, composant à Parme et à Venise; Philippe de Monte, qui n'est connu que sous ce nom italien (Van den Berg? de Thiers ou Du Mont?...) natif de Malines, à Naples et à Rome. C'est très lentement que l'Italie va remonter jusqu'au premier rang, avec les Palestrina et les Ingenieri, mais seulement à partir du milieu du XVIe siècle.

Le « fabuleux destin » de la musique italienne de la Renaissance est donc une sorte de partie carrée, avec quatre atouts maîtres, que rien ne destinait à se rencontrer et qui vont se mêler, se couper et se recouper. Musique de rue et musique de cour d'abord, avec pour cristallisant, comme on dit en chimie, la poésie. Il va falloir maintenant que le *putto* né de ce concubinage, semblable au petit Cupidon qui remue l'eau de la fontaine de *L'Amour sacré et l'Amour profane* du Titien, vienne malignement troubler le flux de la grande musique savante et séculaire, dont les demi-dieux ont nom Ockeghem, Josquin, Guillaume Dufay. Avec ses petites poésies en musique, ses couplets et ses chansons, il va contaminer, comme un virus, la musique la plus somptueusement savante, la saper de manière souterraine, en ronger les fondements en introduisant, au sein de la perfection abstraite de la polyphonie, cette gangrène qu'on appelle l'émotion.

Qu'est-ce qu'une émotion? C'est une brusque et imprévisible rupture, parfois douce, parfois violente, dans le paisible déroulement continu de notre vie intérieure. L'émotion est une secousse, un bond, un cahot, une bouffée, un vide : mais c'est toujours un écart par rapport à ce que les Anciens appelaient *aequanimitas*, le flux sans heurt de « l'âme égale ». On aime l'émotion ou on la redoute ; on l'écarte ou on la savoure ; mais à partir de l'instant où, à Florence chez Marsile Ficin, ou chez Isabelle d'Este à Mantoue, on commence à penser que l'émotion poétique peut être plus importante que la rigueur d'une architecture musicale, il est clair que le ver est dans le fruit. Un trouble de l'âme, c'est une dissonance. Si le poème parle de souffrance ou de larmes, pourquoi la musique ne dissonerait-elle pas aussi, si le mot le veut ? S'il parle de volupté, pourquoi ne dissonerait-elle pas aussi, mais autrement ? S'il est question de joie, pourquoi la musique garderait-elle la pulsation lente qu'elle avait pour célébrer la beauté pure, alors que ce qu'on dit accélère les battements du cœur ?

De telles choses nous semblent aller de soi, quatre siècles après Monteverdi, deux siècles après que Chérubin a chanté *« Non so più cosa son, cosa faccio »*, un siècle après que Mélisande a soupiré « Oh ! Pourquoi partez-vous ? ». Ce n'était pas du tout une évidence à une époque où l'on n'avait jamais pensé la musique que comme une architecture de l'âme.

Tout le XVIe siècle va être ainsi la lente pénétration de la polyphonie par la poésie et la lente, progressive destruction de l'idéal de perfection formelle par l'émotion, ou plus exactement par la *rappresentazione* de l'émotion : l'émotion théâtralisée. La Renaissance tient les choses par deux bouts, en équilibre instable : mais elle ne peut pas ne pas déboucher sur ce que nous appelons l'art « baroque », c'est-à-dire le temps où tout sera devenu théâtre.

Monteverdi est juste à la césure.

*

Le plus beau de cette aventure, c'est bien qu'il ait fallu ces Flamands arrivant en Italie avec dans leur bagage leur musique conceptuelle, admirable mais toute en structures, proportions, lignes, nombres et qu'ils rencontrent à Florence, à Milan, à Rome quelque chose dont ils n'avaient pas idée, en tout cas pour leur musique : la langue, tout simplement. Eux qui, depuis deux ou trois siècles, ne faisaient, comme dit Stravinsky, qu'« établir un ordre entre l'homme et le temps », se sont mis à écouter ce qui se disait, puisqu'en Italie les mots ont un son. Comme il arrive souvent, les étrangers ont porté plus d'attention aux sons de leur langue d'adoption que ceux pour qui elle était naturelle parce que maternelle : ils se sont mis à faire un sort aux mots, comme s'ils incurvaient leurs croisées d'ogives pour tenir compte du vent qui passe.

Ce miracle est donc double. C'est à la fois celui de la *destructuration* de la musique polyphonique par la langue et par la poésie, et de sa *restructuration* en une autre musique, fondée sur l'accident émotionnel. L'équivalent musical de la rencontre, elle aussi miraculeuse, d'Antonello de Messine et des frères Van Eyck.

*

Ainsi, lorsque vers 1565, le duc de Mantoue Guglielmo fit appel à Giaches de Wert et le mit à la tête de la musique de l'église Santa Barbara à peine achevée, il ne faisait que suivre la voie ordinaire : mais il faisait le bon choix. En Giaches de Wert, tous les chemins se croisaient : un vrai Flamand, natif de Gand, ou d'Anvers, ou de l'une des bourgades appelées Wert, mais complètement italianisé. Il était arrivé en Italie tout enfant (enfant «de chœur», un petit chanteur à la voix d'ange), très vite attaché aux diverses branches de la famille Gonzague. Il avait trente ans lorsqu'il arriva à Mantoue et sa musique pour Santa Barbara (des messes, des hymnes) marque déjà une forte rupture avec la tradition de cette musique «officielle» : la polyphonie se simplifie, on «déclame» le texte sacré. La Contre-Réforme a aussi son mot à dire dans cette affaire : Guglielmo en était, et le cardinal Gonzaga avait dirigé le concile.

Mais ce sont ses nombreux recueils de madrigaux qui ont ici de l'importance, à défaut de la musique qu'il a écrite pour les divertissements et les spectacles de la cour, et qui est perdue. Outre sa diversité et sa beauté, c'est sans doute celle qui mène le plus directement à Monteverdi, moins par le détail de la facture et de l'écriture que parce que son art est un premier mouvement de synthèse. Il parvient à allier la complexité de la polyphonie à la simplicité d'une récitation à plusieurs voix, construite sur les mots d'un texte poétique. Il joue de l'un et de l'autre quand les mots le demandent, insinue des dissonances quand ils le suggèrent; et ces mots sont ceux de Pétrarque, du Tasse ou de Guarini. Trois vers de Pétrarque et voilà, en quelques mesures, toutes les formes de musique imaginables de son temps qui se relaient, et s'enchaînent. On s'émerveille qu'un si parfait contrepoint puisse dire si fortement le désespoir et la solitude *(solo e penseroso...)*, se métamorphoser aussitôt par l'appui des voix décalées, comme des pas alourdis *(misurando a passi tardi e lenti...)*, s'affoler soudain en petites notes répétées *(... non trovo che mi scampi...)*, sans nulle insistance appuyée, comme si les mots de Pétrarque (*Il Canzoniere*, XXXV) engendraient d'eux-mêmes la musique.

C'est sans doute en lui montrant la voie de cette liberté dans l'utilisation de tous les styles, de toutes les manières, les plus anciennes, usuelles, traditionnelles et même vieillies aux yeux des jeunes loups humanistes, et les plus neuves, inédites, et scandaleuses aux oreilles soucieuses de la pure harmonie éthérée, que Giaches de Wert a été le précurseur et le maître de Monteverdi.

Vincenzo Gonzaga succéda à son père Guglielmo en 1586. Jamais plus Mantoue ne sera aussi prospère, aussi belle, aussi glorieuse, aussi puissante, ni son duc aussi superbe. L'échelle que notre temps s'emploie à donner au monde et qui rend déjà si étroites les vieilles frontières des vieux pays d'Europe nous empêche parfois de prendre au sérieux les espaces de l'ancien monde. Comment imaginer une culture et une politique de cinquante kilomètres de long ? Nous l'acceptons, avec surprise, pour Athènes et pour Sparte qui ont l'alibi de l'Antiquité. Mais que pèse-t-on dans le monde, quand on est duc de Mantoue ? Il faut changer notre échelle et nous dire que Mantoue pesait lourd – pour peu de temps, il est vrai. À peine vingt ans après l'*Orfeo*, lorsque mourra Francesco à qui Monteverdi a dédié son opéra, ce sera la fin brutale et définitive. On vendra d'abord les tableaux, les sculptures, les collections précieuses, les joyaux et l'orfèvrerie, pour faire un peu d'argent : heureusement, car ce qui était parti (*Le Parnasse* de Mantegna, *La Madone de la Victoire*, les Corrège, les Titien...) échappera au pillage de Mantoue en 1640 par les lansquenets – ce que n'ont pu faire sans doute tous les manuscrits de Monteverdi que nous avons perdus.

Ce rapide déclin de Mantoue (pas même une décadence : c'est une chute), Vincenzo en est en partie responsable : le temps d'un règne, il a tout dépensé. Si on aime l'art, on ne lui en veut qu'à moitié : il a mangé son héritage, mais nous a légué l'*Orfeo*. Est-il vraiment raisonnable, quand on est duc, de céder un morceau de son duché en échange de *La Madone à la perle* de Raphaël ? Je n'ose pas répondre… Pourtant il l'a fait.

*

On peut dire que le sacre de Vincenzo, le 22 septembre 1587, est le point exact de l'apogée de Mantoue. La cathédrale San Pietro était tendue de brocarts, de velours et d'or et retentissait des mêmes instruments qu'on entendra dans la Toccata de l'*Orfeo*, vingt ans plus tard. Le même Follino qui nous a décrit celle de l'*Arianna* nous les montre ici : « La musique fut des plus parfaites *(perfettissima)*, composée à cet effet par le très excellent *(eccellentissimo)* signor Giaches de Wert, homme excellent par ses œuvres et fameux de par le monde, avec des concerts d'orgue, de voix, de cornets et de trombones. » La foule était telle que les archers devaient garder la porte de l'église. Mais (voilà bien notre duc, qui venait de jurer sur l'Évangile de ne pas augmenter l'impôt sur le vin…) à la sortie on redoubla de musique pour que les Mantouans en aient leur part : « Un concert harmonieux de trombones commença de jouer sur un piédestal de marbre, juste au-dessus de la porte de l'église en face de la place et, au même moment, on tira des coups de canon, on joua du tambour, petits et grands, il y eut des cris de joie, les chevaux mêmes hennissaient et tant de cloches sonnaient que les spectateurs n'entendaient plus leurs propres paroles… »

Vincenzo est à l'image de son sacre, avec son emphase, sa prodigalité, son appétit de grandiose, cette théâtralisation de sa personne, son goût immodéré de la beauté, celle des dames d'abord, celle de l'art ensuite, ou plutôt les deux mêlés et culminant avec les chanteuses. Ce qui est intéressant dans ce personnage, c'est sa relation à l'art. Il aimait la poésie. Mais tous les ducs n'ont pas reçu du Tasse prisonnier depuis sept ans dans son asile de fous à Ferrare une lettre commençant par

Chiaro Vincenzo, io pur languisco a morte
in carcer tetro, e sotto aspro governo...

Illustre Vincenzo, je languis pourtant à mourir
dans une sombre prison, sous rude joug...

Le 6 juillet 1586, Vincenzo faisait libérer le Tasse en se portant garant pour lui, le ramenait à Mantoue, le logeait dans son palais, lui donnait des serviteurs, de beaux habits pour se faire honneur, et le nourrissait « de bonnes viandes et de vins piquants et grattants » (*piccanti et raspanti*, c'est le Tasse qui raconte). Le Tasse écrira à Mantoue l'hiver suivant sa tragédie *Il re Torrismondo*, et la dédiera à Vincenzo. Est-ce assez marquer son amour de la poésie que de traiter ainsi le plus grand poète de son temps ?

Vincenzo aimait la peinture, et pas seulement *La Madone à la perle*. Comme son grand-père Federigo s'était attaché le Titien, il fit de Rubens son peintre. Au printemps de 1600, allant aux eaux de Spa, il visita Liège, Gand, Bruxelles, Anvers, s'arrêta dans tous les ateliers d'artiste et tomba en arrêt dans celui de Rubens, qui avait vingt-trois ans. Il l'embaucha séance tenante et le garda huit ans. Peut-on imaginer la peinture d'un Rubens qui n'aurait pas connu l'Italie ? Malheureusement il coupa ce long séjour de diverses escapades à Venise, à Florence et à Rome, de sorte qu'en 1607, il était chez le pape et n'a donc pas vu l'*Orfeo*. Dommage pour lui.

Vincenzo aimait la musique, autant que son père. Guglielmo n'avait pas seulement soigné la musique de son église Santa Barbara, mais s'était entouré d'instrumentistes nombreux, compétents et permanents. L'orchestre de l'*Orfeo*, c'est à lui qu'on en doit la structure. Les *trombe*, *tromboni* et *cornetti* de la Toccata, ce sont ceux qu'il a établis et dont le palais ducal ne pourra plus désormais se passer. Les violes, les violons, les *piccoli violini alla francese*, les luths, les théorbes, les *chitarroni* que Monteverdi exigera sur sa partition, avec une minutie inhabituelle à cette époque, seront ceux qu'*il Gobbo* aura installés. Parmi eux, Salomone Rossi, « le juif de Mantoue », l'un des premiers virtuoses du violon. L'*Orfeo* est impensable sans cette équipe de chanteurs et d'instrumentistes.

Le duc Vincenzo, en cela comme dans le reste, fut un bon usager de la saine gestion de son père : tout était prêt et son penchant était pour le grandiose. C'est donc vers le théâtre, vers la *rappresentazione* qu'il orienta la vie musicale de son palais, satisfaisant du même coup sa passion toute particulière pour les chanteuses. Il y avait concert chaque semaine, comme Monteverdi le raconte lui-même dans une lettre au cardinal Ferdinando, le fils de Vincenzo : « Chaque vendredi soir, on fait de la musique dans le salon des Miroirs. La signora Andriana vient chanter en concert. Elle donne aux compositions une telle force et une grâce si particulière, elle apporte un tel plaisir à l'oreille que ce lieu devient, pour ainsi dire, un nouveau théâtre et je crois bien qu'avant que ne s'achève la saison des concerts, il faudra que le Seigneur duc sérénissime fasse placer la garde à l'entrée. »

Monteverdi était arrivé à Mantoue probablement en 1590, cent ans après Isabelle d'Este, en tant que chanteur et joueur de *viuuola*, comme il écrit. Il avait vingt-trois ans. Il était déjà l'auteur de *Sacrae cantiunculae*, « petits cantiques sacrés » à trois voix, imprimés à Venise quand il n'avait pas quinze ans : chose incroyable en un temps où l'on imprimait encore si peu. L'année suivante, des *Madrigali spirituali* à quatre voix. Encore un an, et voici en 1584 des *canzonette*. Petite pause avant le *Premier Livre de madrigaux*, à cinq voix cette fois, puis le second en 1590, juste avant son arrivée à Mantoue.

Monteverdi est un génie précoce : mais c'est moins l'âge qui compte, que l'évidence de l'ambition. Il lui faut, très vite, être connu et reconnu. Puis l'évidence encore, du mûrissement. Il part de petits cantiques très franco-flamands, passe par la chanson pour arriver, mais surtout dans le recueil de 1590, à la poésie en musique, avec un ensemble presque entièrement consacré au Tasse. C'est le grand tournant, et c'est le juste choix. Le Tasse, dont il faudra reparler, c'est un génie poétique qui semble appeler la musique : ce n'est pas le cas de tous. Victor Hugo n'a pas besoin de notes, Racine non plus. Verlaine, oui. Pétrarque aussi. Pourquoi ? Peut-être parce qu'il y a des formes de langage poétique qui se trouvent être directement saturés par leurs mots eux-mêmes. La musique n'y ajouterait rien, et le musicien est comme gêné par le trop-plein. Qu'est-ce qu'une mélodie pourrait ajouter à « Dans un mois, dans un an… » ? On peut mettre en musique René Char, qui n'a pas besoin d'elle, mais à condition de ne pas s'occuper des mots, comme l'a dit Pierre Boulez qui, d'ailleurs, l'a fait. Chaque vers du Tasse semble au contraire attendre une musique qui flotterait autour de lui, ou en lui, non seulement dans le son des mots, mais dans le halo poétique qui les entoure : et c'est vrai de ses sonnets comme du moindre fragment de la *Jérusalem délivrée* ou de l'*Aminta* :

In queste voci languide risuona
Un non so che di flebile e soave

Dans cette voix languissante résonne
Un je ne sais quoi de plaintif et de suave...

Cela est vrai de cette voix de Clorinde mourante, que Monteverdi mettra en musique quarante ans plus tard de manière si *flebile*, mais c'est vrai de la voix de Torquato Tasso lui-même. Giaches de Wert ne s'y était pas trompé. Monteverdi non plus : et c'est ainsi qu'il a réussi le premier tournant de son art, infiltré par la poésie et aussi, car c'est le second aspect du génie du Tasse, par la dramatisation. Monteverdi ne le savait peut-être pas encore : il est un homme de théâtre ; tout sentiment, tout *affetto*, deviendra pour lui, désormais, *rappresentazione*, « mise en scène ». À partir de là, le madrigal est en passe de devenir « dramatique ».

Peu après son arrivée à Mantoue, Monteverdi publiera son *IIIe Livre*, sur des textes, cette fois, de Guarini, et dédié au duc Vincenzo. La poésie y est moins forte, plus précieuse, plus baroque (au sens, cette fois, un peu péjoratif de ce mot : disons « recherchée »), mais c'est un trésor pour un musicien. Chaque mot, chaque vers, porte son image ou son *affetto*. Et plus encore que le Tasse, Guarini est homme de théâtre.

*

Le Tasse, Guarini : c'étaient aussi les poètes favoris de son nouveau *padron*. Les mettre en musique était une bonne introduction, et on peut imaginer que c'est après avoir entendu aux concerts du vendredi une musique transcrivant si bien ses poèmes favoris que Vincenzo engagea Monteverdi.

En octobre 1600, le duc Vincenzo se rendit à Florence pour assister aux noces (par procuration) de sa belle-sœur Marie avec le roi de France Henri IV. Comme à son habitude, il se déplaça avec un ample cortège et tout son attirail de gloire. Monteverdi accompagna-t-il son maître, comme il l'avait fait en Hongrie ? On n'en sait rien, et je dirai que c'est peu probable, car Vincenzo savait bien qu'il trouverait chez le grand-duc Ferdinand assez de bonne musique, et qu'il n'aurait pas besoin de la sienne. Il ne se trompait pas, puisqu'il vit et entendit une œuvre « toute en musique », l'*Euridice* de Jacopo Peri. De la forte impression que lui fit cette *rappresentazione* allait naître l'*Orfeo*, sept ans plus tard.

Florence n'était pas seulement un centre musical des plus importants : c'est celui où s'est lentement mijotée la conception, puis l'apparition de ce qui allait devenir l'opéra. Dès le temps de Laurent de Médicis, autour de Marsile Ficin, dont nous n'avons pas fini de parler, la musique avait capté l'intérêt des humanistes : l'ouïe étant de tous les sens le plus pur, puisque le son est immatériel, la musique *humana* avait dans leur esprit le privilège de communiquer directement avec la musique *mundana*, celle des sphères, de l'Univers. Ils l'avaient donc adoptée, et lui donnaient la préférence sur ce qui se voit, la peinture, la sculpture, qui ont besoin de l'espace matériel pour exister.

Cent ans plus tard, ils pensaient de même lorsque le comte Bardi réunit en 1576 sa *camerata*, une sorte d'académie informelle, où se réunissaient poètes, lettrés, philosophes et musiciens : le moindre d'entre eux n'étant pas

Vincenzo Galilei, le père de l'astronome, luthiste et humaniste, qui allait théoriser et composer. Son *Dialogo della musica antica e della moderna* est un tournant essentiel : celui où il va être décrété que la musique polyphonique, même si elle se fait fidèle interprète d'un texte poétique, le trahit, et que seul le chant d'une voix unique peut être fidèle. Ainsi, même le madrigal expressif, même celui que pratique à Mantoue Giaches de Wert, noie encore trop l'émotion dans la complexité de ses voix entremêlées : c'est le point d'arrivée du mouvement qui depuis cent ans s'est progressivement élaboré. *Musica ancilla poesiae* : la musique servante de la poésie, le pas est franchi.

Il y a autre chose, que Galilei ne dit pas, parce qu'il faut le recul du temps pour pouvoir le comprendre. D'où vient ce refus progressif de la polyphonie qui aboutit en cette toute fin du XVIe siècle à deux compositions pour une voix seule, malheureusement perdues, conçues par Galilei comme des démonstrations et dont les seuls titres sont significatifs (*Lamentations* de Jérémie et *Lamentation* d'Ugolino, d'après Dante) ? La polyphonie n'est pas seulement architecture, mais un art collectif. Pour chanter à cinq voix, il faut être cinq, et coller sa voix à celle des autres. Lorsque ce qu'on recherche, en le sachant ou sans le savoir, c'est l'expression individuelle de l'âme, de l'émotion, de l'amour, du désespoir, cinq voix, c'est quatre de trop. Cela peut se faire à l'église, où l'on prie tous ensemble : mais la lamentation de Jérémie est celle d'un homme seul, comme celle d'Ugolino en Enfer. Chanter l'émotion d'un homme seul à l'aide de sa seule voix constitue le grand tournant de la musique : le Moyen Âge est terminé.

Il n'empêche : en 1597 on chante à Florence une *Dafne*, sur un texte de Rinuccini, avec une musique de Peri, dont la musique est presque entièrement perdue, puis en 1600 cette *Euridice*, dans une salle des appartements d'Antonio de Médicis, devant peut-être deux cents spectateurs. L'opéra naît en catimini.

La musique s'y fait humble : l'austérité humaniste règne. On est entre *happy few*, et l'on n'a pas à faire de concessions. Voici donc une longue récitation musicale, non sans beauté, ni sans grâce, ni même parfois sans émotion, mais que son caractère trop « volontariste » prive de toute possibilité d'élan. L'*Euridice* de Peri est l'application, heureuse et plutôt réussie, d'une doctrine. L'histoire des arts en témoigne à travers les siècles : quand on pense trop avant de créer, on crée moins.

Le bonheur de Monteverdi, c'est que pendant ces années-là, il continuait à creuser le sillon de ses madrigaux, comme si de rien n'était. Quand son temps sera venu, il fera ce qu'il a déjà fait : sa propre synthèse, accumulant dans l'*Orfeo* le madrigal, la récitation chantée, la *canzonetta*, le chœur polyphonique, le chœur dramatique, la danse, et le reste, sans préjugé.

*

Car Vincenzo, au retour de Florence, passionné comme il l'est de théâtre et de musique, lui passera commande, pour qu'il ne soit pas dit qu'on fait moins bien chez lui que chez son beau-frère. Avec la même roublardise qu'Henriette d'Angleterre commandant en même temps une *Bérénice* à Corneille et à Racine, bien sûr sans le leur dire, le duc fait traiter le même sujet : qu'à *Euridice* réponde *Orfeo*.

On cherche désespérément depuis des décennies quelques détails sur cette représentation du 24 février 1607. La moisson est maigre, mais les quelques faits que l'on connaît sont assez éclairants.

Tout d'abord, il ne semble pas que ce soit le duc lui-même qui ait organisé les choses, mais son fils Francesco. Une lettre datée du 23 et adressée au représentant du duc à Rome, Giovanni Magni, dit précisément : « Demain le Seigneur prince sérénissime [et donc pas le seigneur duc] fait réciter dans l'une des salles des appartements qu'appréciait Madame Sérénissime de Ferrare une comédie qui aura ceci de singulier que tous les interlocuteurs y parleront en musique. » C'est à ce même Francesco que l'œuvre sera dédiée lorsqu'elle sera publiée, à Venise.

Vincenzo était pourtant présent : le contraire nous aurait surpris de sa part. Non seulement il y assista, mais il déborda d'enthousiasme. Francesco écrit huit jours plus tard à son frère Ferdinando : « Le Seigneur duc ne s'est pas contenté d'être présent et de l'avoir entendue et de la faire répéter cent fois; il a donné ordre pour qu'elle fût jouée de nouveau auprès des dames de la ville. » Le texte de la lettre n'est pas tout à fait clair : on voudrait savoir si le seigneur duc a assisté à « cent répétitions » ou s'il a réclamé « cent bis ». En tout cas sa victoire sur son beau-frère de Florence était éclatante.

Maintenant, les questions : où? Comment?

L'*Orfeo* n'a pas été représenté dans un théâtre : celui de la cour de Mantoue avait brûlé en 1586 et n'allait être reconstruit qu'un an plus tard, par le grand architecte et décorateur Antonio Maria Vasari. Quels étaient ces appartements « qu'appréciait Madame la Sérénissime de Ferrare »? On n'en sait rien. On parle de la *galleria degli Specchi* (la galerie des Miroirs), mais c'est invraisemblable, elle était alors ouverte sur la cour et ne s'appelait pas encore de ce nom, puisqu'elle n'a eu de miroirs qu'au XVIIIe siècle... Alors, *la sala de lo Specchio* (la salle du Miroir), qu'on vient de redécouvrir ? Elle est triangulaire et a pu abriter des concerts, mais certainement pas un spectacle. La *galleria dei Fiumi* (la galerie des Fleuves) ? Elle aussi ouvrait alors sur un jardin...

On aimerait pourtant savoir au moins les dimensions de cette salle, pour pouvoir décider quelle importance avait l'orchestre, où on l'a placé, quelle mise en scène on a imaginée, quels décors... Un simple concert ? Une « mise en espace » ? Une simple toile de fond ? Monteverdi, dans sa dédicace à Francesco, n'est pas beaucoup plus clair. Il écrit : « *La favola d'Orfeo*, qui fut représentée à l'Accademia dei Invaghiti sous les auspices de Votre Altesse, fut naguère représentée en musique sur une scène étroite, *sopra angusta scena* ». Ce serait parfait si l'on était certain de pouvoir prendre les mots à la lettre. Malheureusement Monteverdi ajoute : « Elle doit maintenant paraître sur le grand Théâtre de l'Univers et se révéler à tous les hommes », ce qui pourrait bien signifier que l'*augusta scena* n'était que métaphorique...

Le livret imprimé et distribué aux spectateurs indique trois décors : pour le prologue et les deux premiers actes, des bosquets, des prés, des ruisseaux, ce que confirme le chroniqueur de la cour, Follino, qui parle du Parnasse et de la source que Pégase fit jaillir de son sabot. À l'acte II, les Enfers, *massi orridi e spraventevoli* (affreux et malveillants rochers), et à l'acte V, un bosquet : tout cela sur une scène qui, où qu'elle se soit trouvée, ne devait pas avoir plus de sept ou huit mètres d'ouverture, sans dégagements ni profondeur.

L'Accademia dei Invaghiti était l'une de ces nombreuses associations de lettrés que connaissait alors l'Italie (les

Intrepidi à Ferrare, les Animosi à Crémone, les Filarmonici à Vérone, les Occulti à Padoue, les Floridi à Bologne..., plus de deux cents en tout). Les Invaghiti, c'étaient les « enthousiastes », les « fervents », les « fans », si l'on veut : leur *prottettore* était Francesco.

Plus encore que le décor dont nous ne saurons probablement jamais rien, les conditions de la représentation et le public pour lequel a été pensée l'œuvre vont nous indiquer l'état d'esprit dans lequel nous devons être nous-mêmes pour écouter l'*Orfeo*.

*

Chantée devant peut-être cent personnes privilégiées, dans cette salle du palais ducal qu'on ne parvient pas à identifier, ce n'est pas une œuvre « de cour », mais pas non plus un spectacle « public ». Les lettres enthousiastes qui furent écrites dans les jours qui suivirent témoignent du succès et de la joie qu'éprouvèrent ceux qui le virent, et qu'ils ont voulu faire partager. Ce fut un événement caché, réservé, élitiste : bien loin de la popularité, au siècle suivant, du moindre opéra de Haendel ou de la moindre œuvrette jouée à Venise sur un théâtre public, au temps de Vivaldi ou de Marcello, ou à Naples à l'époque de Provenzale ou de Scarlatti.

Le pivot autour duquel va basculer l'histoire de la musique n'a été entendu que de quelques personnes. Notre temps a du mal à concevoir de telles choses. Il se plaît à évaluer l'importance d'un événement (même culturel) à la mesure de son retentissement médiatique. Il ne nous est pas facile d'admettre que les tournants essentiels de notre histoire, de notre civilisation, aient pu rester secrets. Que personne n'ait pu voir le masque funéraire de Tout Ankh Amon, qui marque la prise de conscience de l'individu manifestée par son visage. Que *La Passion selon saint Matthieu* ait été réservée à quelques paroissiens de Leipzig. Que *La Fiancée juive* ou *Le Retour du fils prodigue* aient pu être peints par Rembrandt à la suite d'une commande par une personne privée et aussitôt reclus dans la salle d'une maison à Amsterdam. Il nous est difficile de comprendre comment ces œuvres réservées peuvent être des témoignages d'une portée universelle. L'imprimerie, puis le musée, puis la radio, puis la télévision, puis Internet nous abusent peut-être et nous font oublier que les grands carrefours de la pensée humaine et de l'art peuvent être conçus dans le secret et rester secrets. Ils l'ont été souvent autrefois et il se pourrait que ce qu'il y a d'important dans notre temps le soit encore.

Mais la réciproque est vraie aussi. Le public pour lequel a été composé l'*Orfeo* (livret et musique) n'était ni « populaire » ni « courtisan ». C'était le public d'une association de lettrés. Que tous n'aient pas été des génies créateurs n'importe pas : ce qui compte, c'est que dans cette ville de Mantoue où, depuis cent vingt ou cent trente ans, au moins, était établie une tradition d'art et de culture, on ait réuni, ce 24 février 1607, ceux qui la chérissaient. C'est à eux qu'on s'adressait, en sachant que leurs pensées habituelles, leurs images familières, et même leurs lieux communs apprivoisés avaient pour origine commune Pétrarque, Dante, Boccace, l'Arioste, Pietro Bembo, Rinuccini, le Tasse. Ce qu'ils pensaient du monde, de la vie, de l'amour venait de ce vieux néoplatonisme qu'ils connaissaient directement s'ils étaient savants, ou par l'intermédiaire de l'incontournable

Baldassare Castiglione s'ils n'étaient que ce que nous appelons « cultivés ».

C'est ce fonds commun de l'Italie de la Renaissance que nous allons retrouver à chaque page de l'*Orfeo* : à demi-mots, par allusions et clins d'œil, ce qui nous les rend parfois difficiles à déceler, mais c'est à travers eux que nous pourrons retrouver le sens de ce qui va être chanté.

Ce serait glisser sur la surface de ce chef-d'œuvre que de se contenter d'en attendre de beaux sons et un peu d'émotion. Il nous faut entrer dans le jeu, avec ceux qui se lèvent en entendant sonner les trompettes et les trombones de la Toccata, tandis que le duc Vincenzo entre, et que toutes les têtes se tournent vers lui.

La Musica

C'est donc seulement après que les trompettes se sont tues, lorsque le duc Vincenzo a pris sa place, son fils Francesco à ses côtés et peut-être la duchesse à sa droite (si toutefois les dames sont admises à cette représentation, ce qui n'est pas sûr puisqu'elle s'adresse aux membres de l'Accademia dei Invaghiti ; or on sait que le duc en ordonna justement une seconde, huit jours plus tard, « pour les dames »), c'est seulement alors que commence la *Favola in musica*. Elle le fait par une très douce, très fluide, très lisse, descendante et mineure ligne de cordes, à cinq voix savamment contrepointées.

CD 1, 2

On a tort, quelquefois, de jouer de manière trop guindée et trop raide cette première ligne de musique. Tout la sépare de la Toccata qu'on vient d'entendre : la mélodie, la tonalité mineure, l'écriture, l'instrumentation. C'est voulu ainsi et doit se jouer ainsi. Nous changeons de monde. Nous étions dans le réel : nous en sortons. Mais peut-être certains croient-ils qu'elle doit être encore protocolaire, comme ce qui précédait. Il faut au contraire creuser le silence qui sépare la Toccata « qui se joue avant le lever de la toile » (ce sont les mots de Monteverdi) de ce *ritornello*.

Ritornello : en italien, le mot veut dire *retour*, et jamais il n'a été si juste.

Faisons le compte.

Quatre fois, en une phrase, la musique laisse couler ses quelques notes descendantes, et huit fois, tout au long du prologue, on va entendre ces quatre descentes : d'abord pour introduire, puis pour relier, puis pour conclure les cinq couplets de la chanteuse qui vient d'entrer et qui va nous apprendre qu'elle est la Musique en personne. Au cours de l'œuvre, nous l'entendrons deux fois encore : après le second acte, puis après le quatrième, et toujours dans des circonstances bien précises. Chaque fois qu'Orphée sera sur le point de sombrer dans le désespoir, on réentendra ces quatre descentes, répétées deux fois : comme si Monteverdi, inventant deux siècles et demi avant Wagner le principe, sinon du leitmotiv, du moins du retour volontaire et signifiant d'un élément musical, voulait nous laisser entendre d'emblée que la musique est ici la maîtresse du jeu.

Cette musique ne doit donc être que douceur. Monteverdi a tout fait pour cela, en lui donnant la forme de vagues successives, toutes différentes mais toutes descendantes. Il a même pris soin d'insinuer les contretemps sur lesquels chaque reprise prend son élan et qui ne cessent de les faire glisser les unes sur les autres et de les tuiler, afin d'éviter toute brusquerie. Il n'est pas exclu que cette ligne descendante toujours recommencée ait pour office de nous suggérer d'où vient la musique : elle-même par la voix de la chanteuse qui la personnifie va nous apprendre dans un instant que c'est du ciel et de ses sphères.

*

Io la Musica son : « C'est moi la Musique. » Elle va nous l'annoncer, mais pas immédiatement : seulement au second couplet. Pour le premier, elle reste anonyme.

Mais pas tout à fait non plus, du moins pour un membre de l'Accademia dei Invaghiti ; car pour lui, entendre cette aimable chanteuse déclarer

Dal mio Permesso amato a voi ne vegno

c'est à peu près comme si elle avait décliné son identité. Il faudra nous habituer à déchiffrer ainsi maint petit message à demi-mot, dont le décodage requiert notre connaissance parfaite de la mythologie. Pour ces messieurs, pas de problème. Le Permesse, c'est ce qu'on appelait en Grèce un fleuve, c'est-à-dire un ruisseau, qui existe toujours, bien qu'il ait changé de nom : il s'appelle aujourd'hui le Panitza. Il prend sa source au flanc de l'Hélicon, coule dans une étroite gorge qui portait le nom de Vallon des Muses et ses eaux avaient la réputation d'inspirer les poètes. Hésiode était né non loin de là. Juste à côté était une autre source, la Fontaine d'Hippocrène, que Pégase avait fait jaillir d'un coup de sabot. Chaque année, dans ce vallon, au temps de Pindare, on faisait des concours de poésie.

Aucun doute : cette chanteuse représente l'une des neuf Muses. Laquelle ? se demande l'académicien. La Poésie, bien sûr, se répond-il. Pourtant, elle chante. Il ne le sait pas encore, mais il est déjà au cœur du problème...

Au premier couplet, elle s'adresse à l'auguste assemblée : et ces quatre vers comportent beaucoup de pièges pour un auditeur d'aujourd'hui.

D'abord, les formules de politesse qu'elle répand sur les spectateurs – et surtout sur le premier d'entre eux –

peuvent nous paraître parfaitement déclamatoires et emphatiques :

Illustres héros, du sang noble des rois,
et dont la Renommée conte les éclatants mérites
sans atteindre au vrai car leur marque est trop haute...

Notre monde a si fort réduit, depuis deux siècles, le style et la manière de l'apparat, que les tournures d'autrefois nous semblent parfois immodérées et que nous voyons de la flagornerie dans ce qui n'est que de la déférence. La moindre lettre de Monteverdi à son librettiste Alessandro Striggio contient des tournures (« tandis que je ne cesse de recevoir de la généreuse main de Votre Seigneurie illustrissime, à chaque instant, d'infinies faveurs, je reconnais un peu plus chaque jour, etc. ») que nous pourrions prendre pour de l'obséquiosité, alors qu'il ne s'agit que d'un respect cordial et même amical. Ne parlons pas d'une dédicace au duc (« Je supplie Votre Altesse d'agréer cette marque de mon dévouement avec la magnanimité qui lui est propre et qui attache l'âme de quiconque a le bonheur de traiter avec elle, etc. »). Cette Muse souriante n'a donc rien de flagorneur : elle est aimable. Elle est même plutôt réservée et discrète, si on la compare au personnage qui ouvrait, sept ans plus tôt, *Euridice* de Peri.

La seconde erreur serait de ne pas la prendre suffisamment au sérieux.

J'aurai à reparler plus tard, et à plusieurs reprises, du goût que l'on a eu durant des siècles pour ce que nous appelons l'*allégorie*. On a tout fait, depuis deux cents ans, pour nous en dégoûter. On nous a affirmé que c'était là un procédé à la fois puéril et artificiel. On nous a ressassé que les idées étaient des idées et non des personnes, que les concepts étaient des concepts et que c'était les avilir que de leur donner une figure, humaine qui plus est. On nous a répété qu'il était impossible de croire sérieusement à la réalité d'un quidam appelé Crime, poursuivi par deux dames prénommées Justice et Vengeance, quand bien même tous trois auraient un corps et une expression, par exemple sur un tableau de Proudhon.

Or la femme belle, avenante, noble, souriante, qui s'est avancée sur la scène en chantant, n'est pas tout à fait une allégorie : c'est une Muse. Elle a, pour ainsi dire, la caution de la Grèce, et en tire par rapport à une banale allégorie une certaine légitimité. Mais sommes-nous capables de croire encore à la réalité vivante d'une Muse ? N'y a-t-il pas dans sa condition même quelque chose qui s'y refuse, et qui ne le ferait pas si elle s'appelait, par exemple, Pénélope ? L'épouse d'Ulysse, même légendaire, est une femme. Elle a une histoire, et même fort belle, et qu'on peut croire vraie. Si elle entre sur scène, nous l'adoptons. Nous ne lui attribuons pas comme à une Muse le statut d'allégorie.

Faisons-nous violence : la Musica n'est pas un symbole mais une vraie femme. C'est la Musique qui parle, ou plutôt qui chante, puisque c'est pour elle la même chose.

Ou plus exactement, elle *récite*. En italien, *recitar* veut dire « jouer », au théâtre. Bonjour, c'est moi. Je porte une lyre et je vous souris. Écoutez-moi : je vais vous dire tout ce que je sais faire. Je suis magique…

*

CD 1, 2, 1'37

C'est moi, la Musique : et par mes doux accents
Je sais bien apaiser les cœurs les plus troublés.
Tantôt de haut courroux, tantôt d'amour,
Je puis enflammer les cœurs les plus glacés.

Avec ma cithare d'or, en chantant j'ai coutume
Parfois de flatter les oreilles mortelles :
En cette guise, vers l'harmonie sonore
De la lyre céleste, je conduis le désir de l'âme.

De là je viens poussée par le désir de vous parler
[d'Orphée,
D'Orphée qui attira par son chant les bêtes sauvages,
Et fit l'Enfer esclave à sa prière,
Gloire immortelle du Pinde et de l'Hélicon.

Écoutons bien les douze vers, en trois couplets, qu'elle va « réciter », jouer, chanter, dire. Les mots y comptent autant que les sons.

Elle nous affirme d'abord qu'elle sait, « par ses doux accents », apaiser les cœurs troublés. Nous le savions : toute musique peut faire cela : les Égyptiens le croyaient déjà, les Aztèques aussi, les Esquimaux, les Bantous, les vieux Chinois des vieilles dynasties également. Mais la Musica ajoute qu'elle est capable d'enflammer (*infiammar* : c'est son terme) soit de noble colère, soit d'amour, les esprits les plus glacés. C'est un peu plus fort, mais nous l'acceptons.

Puis qu'avec sa « cithare d'or » elle flatte les oreilles des mortels. Qu'est-ce qu'une cithare d'or ? Est-ce une métaphore ? Si nous restons sagement raisonnables, nous devons convenir qu'un instrument de musique en bon bois d'érable ou de pernambouc, soigneusement assemblé à Crémone (la ville natale de Monteverdi, celle des Stradivarius et des Amati) sonnerait mieux qu'une cithare d'or. Et nous passons sans réfléchir puisque pour nous une métaphore n'a guère plus de réalité concrète qu'une allégorie. Cette cithare est « précieuse », ou rare, ou chère.

À moins que nous ne fassions tout de suite le rapprochement entre cette cithare d'or et la « lyre céleste » dont, ajoute-t-elle deux vers plus loin, « l'harmonie sonore » va, grâce à elle, attirer l'esprit des hommes. Métaphore encore ? ou bien une constellation entre celle du Cygne et celle du Dragon, avec Véga à sa pointe ? Nous voici parmi les astres. Mais alors, « l'harmonie sonore », serait-ce celle des sphères, dont parle Pythagore ? Dans un moment, le chœur des bergers et des nymphes chantera « la ronde des Étoiles » qui « dansent pour la Lune », « contemplées par le Soleil ».

En fait, un membre de l'Accademia dei Invaghiti, en écoutant ces vers, avait compris beaucoup plus vite que nous, accoutumé qu'il était à un tel langage. L'or est le métal d'Apollon, le soleil est son astre : la cithare d'or est divine, la ronde des astres et celle de la musique sont de même nature. Par l'or interposé, nous avons glissé dans l'antichambre de la philosophie néoplatonicienne ; mais pour le moindre spectateur de l'*Orfeo*, ce 24 février 1607, ce message était d'une si parfaite évidence qu'il n'était pas nécessaire d'insister davantage. Bien entendu, en Italie, au temps des banquiers lombards et des marchands vénitiens, l'or était de l'or, comme à la bourse de Francfort : mais c'était aussi l'époque de Marsile Ficin, de Pic de la Mirandole, de Nostradamus, de Campanella, de

Giordano Bruno. L'or renvoyait à l'alchimie, à l'astrologie, à la magie, aux étoiles, à la structure du monde.

*

Écouter l'*Orfeo* sans entrer dans les pensées automatiques d'un Striggio, d'un Monteverdi, que saisissait à demi-mot le moindre spectateur, c'est à peu près comme regarder les vitraux de la cathédrale de Chartres sans y entrer. Vus du dehors, ils semblent de la même couleur que la pierre. Leurs lignes s'effacent dans celles de l'architecture. On les distingue à peine. Il faut donc entrer : les vitraux miraculeux sont faits pour être vus de l'intérieur et non du dehors. C'est au-dedans que l'édifice prend son sens, quand la lumière les traverse.

Tout ce que vont dire, sentir, chanter les personnages d'*Orfeo* n'aura de sens que si nous sommes entrés, nous aussi, dans l'intérieur de la musique et du message qu'elle porte.

Depuis que Marsile Ficin et ses disciples, à Florence à la fin du XVe siècle, ont ensemencé l'Italie de petites graines néoplatoniciennes qui ont germé partout, c'est un lieu commun que de croire en l'unité de l'Univers. Tout communique, parce qu'il y a, pense-t-on, une unité de structure entre le Macrocosme, c'est-à-dire l'Univers, et le Microcosme, qui est l'homme. L'homme est fait d'une âme et d'un corps, comme l'Univers d'esprit et de matière, et tout correspond, au sein d'une vaste hiérarchie. En haut, l'esprit du Monde *(mens mundana)*, puis l'âme du monde *(anima mundana)* et, en bas, la matière. Du haut en bas, et de bas en haut, circule « une divine influence », comme dit Ficin, « qui pénètre les sphères célestes, descend à travers les éléments et prend fin dans la matière».

Qu'on veuille bien lire ces dix lignes de Pic de la Mirandole, cet homme qui savait tout, le latin, le grec, l'hébreu, la cabale, l'astrologie, Platon, Aristote, et mourut à trente ans, en 1494, après avoir écrit, entre autres, ses 900 thèses... Il nous explique tout, ici, en quelques mots :

«Toute chose qui existe dans la totalité des mondes existe aussi dans chacun d'eux et aucun d'eux ne contient la moindre chose que l'on ne doive trouver dans chacun des autres. Tout ce qui existe dans le monde inférieur se trouvera aussi dans le monde supérieur, mais sous une forme plus élevée; et tout ce qui existe dans le monde plus élevé peut se voir aussi plus bas. Dans notre monde, nous trouvons le feu, en tant qu'élément. Dans le monde céleste, l'être correspondant est le soleil. Dans le monde supracéleste, c'est le feu séraphique de l'*Intellectus*. Le feu élémentaire brûle. Le feu céleste donne la vie. Le feu supracéleste est amour.»

L'essentiel au sein de ce vaste ensemble, c'est ce que Marsile Ficin appelle d'un superbe mot que nous avons terriblement banalisé : *circuitus*... ce flux, cette «influence» qui ne cesse de parcourir l'Univers, des astres sur nous, de nous vers la beauté, puisque la beauté n'est que la manifestation de la bonté divine.

Et, de même que l'harmonie de l'Univers est semblable à une musique *(musica mundana)*, de même notre musique *(musica humana)* est la manifestation la plus pure de ce «circuit» qui parcourt le Monde, régit la course des astres et la pensée de l'homme.

Voilà pourquoi la cithare est « d'or », ce qui veut dire que, comme la lyre, elle est « céleste ».

Voilà pourquoi la musique, elle aussi, est divine. Elle se meut mystérieusement dans l'air. Elle n'a pas de substance. Elle est porteuse d'un *« spiritus »* : « Quand une cithare sonne, écrit Marsile Ficin, une autre ne fait-elle pas écho ? » Le monde entier est semblable à ces lyres capables de vibrer les unes par les autres. Par la musique, tout communique : c'est l'origine de son pouvoir.

Voilà pourquoi, enfin, pour ces humanistes groupés autour de Marsile Ficin et de Laurent de Médicis, de Pic de la Mirandole, de Cavalcanti, de Bandini, de Benivieni, Orphée était une sorte de modèle. Il était celui qui mettait en pratique avec le plus d'évidence cette communication par la musique et qui pouvait ainsi apprivoiser tous les êtres et toutes les choses, même les pierres. Dans leurs réunions, à la villa Carregi, près de Florence, on célébrait Platon, mais aussi Orphée. Ficin avait traduit les *Hymnes orphiques* et les chantait lui-même en s'accompagnant d'un instrument qu'il appelait sa *lira orfica*. L'un d'eux, Angelo Poliziano, quelques années plus tard, écrira une pièce en musique, la *Favola d'Orfeo*, que j'ai déjà citée, puisqu'elle est la plus ancienne œuvre connue de ce genre, et qu'elle fut jouée à Mantoue.

*

Il n'est pas très aisé de résumer en trois pages ce que Marsile Ficin a écrit en mille. Mais Striggio nous le dit en douze vers, et Monteverdi le met en musique en trois strophes. C'est beaucoup mieux ainsi, à condition qu'on les écoute *religieusement*, après y être entré comme on entre à Chartres : alors, comme les vitraux, tout s'éclaire.

La musique calme les cœurs troublés ; elle enflamme de colère et d'amour ; et elle donne aux hommes le désir d'entendre l'harmonie de *« la lira del ciel »*.

La Musica fait même davantage. Car après nous avoir exposé tous ses pouvoirs elle nous annonce qu'elle va les mettre en pratique et nous raconter elle-même l'histoire d'Orphée : elle est poésie ; elle est aussi tragédie. Elle va nous montrer Orphée en action, c'est-à-dire elle, la musique, et cela jusqu'aux Enfers, puis jusqu'au ciel, quand Apollon viendra le rechercher.

Le prologue de l'*Orfeo* est ainsi une profession de foi et un programme : celui de la triple alliance de la poésie, de la tragédie et de la musique.

Monteverdi a eu la chance d'avoir pour collaborateur Alessandro Striggio (ne parlons pas de « librettiste », et souvenons-nous que ce que nous appelons « opéra » n'existe pas encore, et qu'on ne sait pas ce que c'est qu'un « livret »).

Son père, de même prénom, né à Mantoue, avait fait carrière à Florence, comme compositeur et luthiste, travaillant aux comédies et intermèdes madrigalesques des Médicis. Mais il n'avait pas abandonné ses relations avec les Gonzague. Son fils devint l'homme à tout faire du duc Vincenzo dans le domaine des arts : une sorte de ministre de la Culture avant la lettre. Il était musicien lui aussi, violiste, chanteur à ses heures, et poète : c'est cette connaissance de toutes les faces du problème qui lui a permis de comprendre que la musique ne peut être servante de la poésie qu'autant que la poésie est humble devant elle.

Et l'on voit bien comment, dès ce prologue, Monteverdi lui renvoie la balle : les cinq couplets que chante la Musica sont construits sur la même mélodie, avec la même basse : mais chacun est différent, parce que les mots l'exigent.

Acte premier

Les deux premiers actes de l'*Orfeo* relèvent de ce qu'on appelle la pastorale, c'est-à-dire d'une des traditions littéraires et artistiques les plus difficiles à comprendre aujourd'hui, tant les clichés et les idées préconçues nous encombrent l'esprit. « Eh quoi ! Toujours des bergers ! » disait déjà Monsieur Jourdain. Mais que faire d'autre ? Ne semble-t-il pas qu'autour du personnage d'Orphée, il n'y ait jamais eu que des animaux charmés, des bergers et des nymphes ?

Les choses ne sont pourtant pas tout à fait aussi simples. Il est même fort intéressant de constater que c'est avec Virgile (natif de Mantoue, soit dit en passant…) qu'Orphée pour la première fois « donne dans la bergerie ». Il existait pourtant depuis des siècles. Son origine se perd dans la nuit des temps de la Grèce la plus lointaine. Depuis toujours, il était magicien, doué d'un pouvoir particulier lié à la musique, à la parole. La première fois qu'il paraît à nos yeux, à Delphes sur un fragment de métope, il est argonaute et accompagne Jason à la conquête de la Toison d'or. Nulle part, durant six siècles, il n'en a le caractère bucolique et pastoral que Virgile lui a attribué, à ce que du moins nous croyons : car si l'on regarde d'un peu près, Virgile lui-même n'insiste guère. C'est à peine s'il souligne que les dryades ont pleuré à la mort d'Eurydice et que le chœur des jeunes filles « du même âge », comme il dit, *chorus aequalis*, remplit de ses clameurs le sommet des montagnes. Pas un mot de plus qui puisse laisser supposer que tout se passe dans les champs et dans les bois. Comment comprendre alors que le caractère pastoral du mythe d'Orphée et d'Eurydice nous vienne de Virgile, et soit, à cause de lui, resté si fort attaché à la légende ? C'est un étrange et amusant petit tour de l'histoire, comme elle prend parfois plaisir à nous en jouer, en mélangeant les pions. Tout se fait de manière indirecte et tient au seul fait que la légende contée par Virgile est toute baignée de l'atmosphère des *Bucoliques* et des *Géorgiques* ; elle se trouve comme contaminée, sans même que le poète y songe, par le bruit des fontaines, la douceur des forêts, le parfum des myrtes et le bourdonnement des abeilles d'Aristée. Non seulement Virgile n'y est presque pour rien, mais de tous ceux qui parleront d'Orphée et d'Eurydice durant douze ou treize siècles après lui, aucun n'y songera plus, ni Clément d'Alexandrie, ni Fulgence, ni Boèce, ni même Dante qui, pourtant accompagné de Virgile, ne rencontrera Orphée qu'aux Enfers.

C'est donc bien à la Renaissance, et paradoxalement par amour de Virgile, qu'Orphée deviendra définitivement campagnard : sans nulle raison, sinon la place que lui a donnée le poète au IVe livre des *Géorgiques* et le compagnonnage oblique, dévié, de Tityre, de Mélibée, de Mopsus, de Thyrsis, de Daphnis, tous chanteurs, joueurs de flûte, meneurs de brebis et charmeurs de nymphes. Étrange osmose, par laquelle un personnage mythique acquiert la couleur de l'œuvre dans laquelle il s'insère et qui déteint sur lui, de manière si forte qu'on ne peut pas l'imaginer différent. Avec celle de Daphnis et de Chloé, l'histoire d'Orphée et d'Eurydice sera désormais, grâce à Virgile mais quinze siècles après lui, le modèle de la pastorale, au moins dans sa première partie, jusqu'au drame qui va la traverser et refera du héros un chaman capable de communiquer avec le monde des morts.

*

Qu'appelle-t-on au juste, depuis des siècles, « la pastorale » ? Un genre littéraire ? Oui, sans doute. Mais c'est, je crois, quelque chose de beaucoup plus vaste et plus fluide à la fois. Un thème, dont les implications et les conséquences débordent de beaucoup les champs, les bois, les pasteurs et les bergères. Un goût, un ton, mais qui dépassent les frontières et nagent au-dessus des aléas de l'histoire : Virgile y rencontre Marie-Antoinette dans son hameau et Rousseau dans l'Île de Saint-Pierre, et Honoré d'Urfé s'acoquine avec les enfants de Mai-68 après que leurs arrière-grands-parents ont chanté, cent ans plus tôt, *La Paimpolaise*. La pastorale est une « manière », manière de rêver, manière d'être, manière de parler. C'est un répertoire, mais c'est toujours une façon de penser, de se passionner ou de s'émouvoir. La « pastorale » n'est pas un genre particulier, comme pourrait être la poésie épique ou la peinture de nature morte : mais en Italie, au XVIe siècle, c'est un flot, une marée, qui va recouvrir ou teinter à peu près tout, théâtre, poésie, musique, peinture, et continuer à le faire pendant deux siècles dans toute l'Europe.

La pastorale a été en ce sens le « genre » majeur du XVIe et du XVIIe siècles. Elle a forgé le vocabulaire, inventé les images, farci les métaphores, créé les personnages, établi leurs rapports, leurs commerces, leurs liaisons, codifié les élans de leurs cœurs, imaginé les situations, les trames et les intrigues que l'on a échangé, imité, copié, pillé, parodié, transcrit, traduit, donnant ainsi le jour à des générations de Philis, d'Amaryllis, de Cloris, de Sylvie, de Tircis, de Philène et de Céladon.

Comme tout, ou presque tout, la « pastorale » est née en Italie. Boccace, dont l'œuvre ne se réduit pas au *Décaméron*, lui a donné ses lettres de noblesse dès le XIVe siècle, avec sa *Commedia delle ninfe fiorentine*. Sannazaro, autour de 1500, lui offrit son cadre, et son nom, l'*Arcadia*, mais aussi son atmosphère, qu'elle allait garder durant deux siècles, et peut-être beaucoup plus : un doux et délicat sentiment amoureux, tendre et sensuel à la fois, jamais rude, délié des contraintes de la vie, et toujours teinté d'une non moins délicate et douce nostalgie diffuse. Comme si l'Arcadie n'était pas seulement un monde de rêve, mais le rêve d'un monde *disparu*. Comme si non seulement amour et eau fraîche, tendresse et ramages, cœur à cœur et herbe verte étaient synonymes, mais que cela était vrai *autrefois*, on ne sait quand, et désormais hors d'atteinte. *Amo, piango, gemo, sospiro* : j'aime, je me lamente, je gémis, je soupire : c'est le vocabulaire de base de la pastorale. C'était déjà vrai au temps de Virgile, et Tityre, *patulae recubans* sous son hêtre, jouant de la flûte pour charmer Amaryllis, *lentus in umbra* avait, déjà, ce ton légèrement dépressif qui, quinze siècles plus tard, allait être celui de la pastorale. On dirait que les hommes ont toujours cru, ou voulu croire, qu'il y avait eu, dans l'indéfini d'un temps qui ne peut être que passé et d'un lieu qui ne peut être que lointain, un monde heureux où la vie ne pesait pas, où l'on était libre, « en état de franchise » comme dira Honoré d'Urfé, et où l'on n'avait rien d'autre à faire que d'aimer. C'est, bien sûr, une illusion : mais ce qui est étonnant, c'est la pérennité du lien indissoluble qu'elle entretient avec le monde des bois et des prés, des chèvres et des agneaux, comme si ce bonheur perdu était nécessairement antérieur non seulement aux cités, mais même aux fermes et aux labours. Les personnages de la pastorale ne sont pas des paysans, mais des bergers. Ils n'ont pas de champs, mais des troupeaux. L'illusion se transforme au cours des siècles, mais seulement en surface. Le fond reste immuable et plus le monde paraît menaçant, les difficultés pressantes, l'avenir sombre, plus vite elle reprend vie, presque inchangée.

*

L'Italie du XVIe siècle est ainsi toute peuplée de bergers et de nymphes, et ses dernières années voient paraître deux chefs-d'œuvre, qui fourniront leur matière à deux siècles de poésie, de théâtre, de musique : ce sont l'*Aminta* du Tasse et le *Pastor fido* de Guarini.

Le Tasse est cet étrange génie tourmenté qui a pressenti à peu près tout ce qui serait susceptible d'arracher des larmes pendant deux siècles. Mieux : il en a fait des personnages, de sorte que ces sentiments et ces situations types ne sont plus des abstractions, mais des êtres qui aiment, qui souffrent et qui meurent. Aminta et Silvia, Renaud et Armide, Tancrède et Clorinde, ne cesseront de bouleverser les cœurs et de peupler les imaginations, comme si chacun durant tout le XVIIe siècle et la moitié du XVIIIe y reconnaissait, idéalisé et ennobli, ce qu'il ressent, ce dont il souffre, ce qu'il aimerait être. Il faudra que, très tardivement, le siècle des Lumières vienne établir sa Raison et embourgeoiser le sentiment, pour venir à bout des nobles combats et des amours sans issue des héros du Tasse. On se souvient de ceux de la *Jérusalem délivrée*; on a un peu oublié ceux de l'*Aminta*, à cause, sans doute, du discrédit où tomba le genre pastoral, que l'on ne comprenait plus. Sensibles et purs, allégés de toutes les contraintes de la vie, nobles et délicats, douloureux, amoureux encore et toujours, ses personnages sont la version douce de cet idéal de cour qu'a inventé l'Italie et qu'elle a transmis à l'Europe après l'avoir transposé dans la légende.

Guarini, vingt ans plus tard, est plus composite, d'un maniérisme tardif, plus sensuel aussi. Il est vrai qu'on mésestime le sensualisme du Tasse, parce qu'il est dit en termes si pudiques qu'on croit ne pas le sentir. Ce que Guarini va apporter à la pastorale, c'est sa dimension théâtrale. Elle était poésie avant lui : elle devient *rappresentazione*. Elle le restera toujours et d'Italie passera, sous cette forme, dans toute l'Europe du XVIIe et même au XVIIIe siècle. Monsieur Jourdain ne se trompe pas : c'est bien par les bergers que la musique s'est insérée dans le monde du théâtre. La présence des chœurs, des chansons, des danses et, puisque l'amour en ce temps-là est d'abord « soupirs », des lamentations amoureuses devient une nécessité théâtrale; et réciproquement, avec Guarini, la pastorale se construit comme une action dramatique, avec les nécessaires coups, justement, « de théâtre ».

Or le Tasse et Guarini étaient tous deux présents à Mantoue dans les dernières années du XVIe siècle, alors que Monteverdi s'y trouvait lui-même. C'est à Mantoue qu'a été représenté en 1598, sur ordre et pour le plus grand plaisir du duc Vincenzo, le *Pastor fido*. S'il y a tant de poèmes de Guarini dans le *IV*e et le *V*e *Livre de madrigaux* publiés par Monteverdi en 1603 et 1605, il est plus que vraisemblable, il est certain, que ce sont là des traces de sa participation à ce spectacle. *Ah, dolente partita, cruda Amarilli, O Mirtillo anima mia*, et d'autres, en sont probablement des fragments. Ce qui est en tout cas remarquable, c'est le caractère théâtral que prennent de plus en plus visiblement les madrigaux de Monteverdi à mesure qu'il compose sur des textes de Guarini. En les republiant en 1608, l'éditeur Coppini les intitulera *musica rappresentativa* : et si le *lamento* soliste d'*Arianna* a pu être retranscrit à cinq voix par Monteverdi, pourquoi *Cruda Amarilli* n'aurait-il pas été initialement le *lamento* d'un berger solo ?

C'est donc grâce à ces deux poètes, le Tasse et Guarini, que va pouvoir s'opérer la fusion du théâtre, de la musique et de la poésie. Les bergers ont depuis toujours joué de la flûte et les nymphes ont toujours dansé : mais après l'*Aminta* et le *Pastor fido*, la musique sera devenue leur privilège. C'est au point qu'à la fin du XVIIIe siècle, bien après que le Maître de musique eut répondu à Monsieur Jourdain que « pour la vraisemblance », il fallait mettre en scène des bergers si l'on voulait pouvoir chanter, le savant Doni, dans son *Trattato della musica scenica*, écrira comme une évidence qu'aux nymphes et aux bergers « la musique était naturelle et les mots, déjà poésie ».

*

Nous comprenons bien, donc, que les bergers qui entourent Orphée lorsque s'ouvre l'acte premier ne sont pas de vrais bergers. Appelons-les de leur nom italien, *pastori*, pour les éloigner de toute tentation réaliste que pourrait avoir notre imagination. *Pastori* est un « nom de code ». Ils n'en n'ont pas d'autre sur la partition de Monteverdi : *Pastore I, Pastore II, Pastore III, Ninfa, coro de Ninfe e Pastori.* La merveille sera de s'apercevoir que, sans avoir de nom qui leur soit propre, ces personnages sont quand même des êtres vivants : mais cela, c'est au génie de Monteverdi qu'on le doit.

La campagne où ils vivent n'est pas moins conventionnelle, si l'on veut bien ôter à ce mot sa nuance péjorative. Elle ne ressemble pas à celle des environs de Mantoue, ni d'ailleurs : elle s'apparente beaucoup plus à celle qu'on voit au lointain du *Concert champêtre* du Titien au Louvre et encore davantage au bel alignement d'arbres et de bassins, derrière la *Vénus avec Éros et un organiste*, au Prado. Elle aussi est codée. Ce n'est pas une campagne, c'est un jardin, Tivoli peut-être, ou Boboli, ou Piccolomini, c'est-à-dire arrangée, policée, civilisée, *humanisée* en ce sens qu'elle est à un vrai paysage ce que l'humanisme est à la poésie de ce temps. C'est l'Arcadie.

Nous ne savons plus très bien ce que c'est que l'Arcadie. Il suffit pourtant d'aller en Italie pour en retrouver, ici ou là, des traces merveilleuses. L'Italie en a rêvé, d'elle ou de ses sosies, l'île enchantée de Circé, celle, enchantée aussi, d'Alcine, ou des jardins, enchantés encore, d'Armide, construits, taillés, creusés de grottes (pour la nymphe Écho, en y mettant des instruments de musique hydrauliques), arrosés de cascades et de jets d'eau (pour Syrinx, changée en flûte au milieu des roseaux, pour

Io, la fille du fleuve Inachus, pour Castalie et pour Aganippe, la fille du Permesse, d'où au prologue de l'*Orfeo* est descendue la Musica). Le décor de l'*Orfeo* est là, et nulle part ailleurs. Il ne ressemble pas plus à la Grèce antique que sa musique à celle des tragédies de Sophocle.

Que ces *pastori* ne soient pas de vrais bergers gardant de vrais moutons, Monteverdi le sait bien, et de quoi ils parlent. Il a déjà mis en musique neuf extraits du *Pastor fido*, sur les vingt que compte son *III*[e] *Livre de madrigaux* (en 1592) ; onze, sur les vingt du *IV*[e] *Livre* (1603) ; et onze encore, sur les dix-neuf du *V*[e] *Livre*, qu'il a publié deux ans avant l'*Orfeo* : trente et un au total, sur cinquante-neuf madrigaux. On y ajoutera douze composés sur des extraits de l'*Aminta* du Tasse (presque tout le *II*[e] *Livre*), et quelques-uns de Rinuccini ou de Sannazaro. Pas un texte qui ne fasse parler *pastori* et *pastorelle*, dans un langage qui n'est pas du tout celui des paysans de Lombardie :

> Communiant avec les étoiles,
> Un blessé de l'Amour
> Sous le ciel nocturne
> Épanchait sa douleur ;
> Et, tourné vers elles, il disait :
> « Ô images si belles
> De celle que j'adore,
> Puisque vous me montrez
> En resplendissant ainsi
> Sa beauté rare,
> De même, montrez-lui
> Mes vives ardeurs :
> Et faites-la, par votre figure d'or,
> Aussi douce que vous m'avez rendu amoureux. »

À coup sûr, des *pastori* qui connaissent sur le bout du doigt leur Pic de la Mirandole et voient dans le scintillement des étoiles l'*imago coelestis* de leur belle, sont mieux à leur place dans le *Concert champêtre* du Titien, et la *pastorella* dont il s'agit n'est pas plus campagnarde que la *Vénus d'Urbino*...

CD 1, 3

Ceux de Monteverdi parlent le même langage. C'est avec de tels mots et de telles images que le Pastore I va ouvrir le premier acte de l'*Orfeo*, sous la forme d'un air plein de charme et d'affection. Il nous donne en quelques vers la définition de l'amour pastoral : soupirer, gémir, pleurer dans les bois. Ce fut le destin d'Orphée, jusqu'à ce jour où Eurydice lui a enfin souri. Il faut donc « en ce jour heureux et fortuné », chanter gaiement et danser, en leur honneur.

*

Nous nous y attendions : le chœur des bergers ne va pas donner dans la bergerette ; « rentre tes blancs moutons » n'est pas leur propos. Mais nous étions plus ou moins préparés après tant de recueils publiés par Monteverdi ou par ses contemporains, à les entendre chanter quelque chose comme un madrigal. On ne chante que cela en Italie depuis cent ans, *O Mirtillo, anima mia*... et *Lumi miei, cari lumi*... et *O Primavera, gioventù de l'anno*...

Pas du tout. Les bergers de l'*Orfeo* prient.

Tout ce premier acte de l'*Orfeo* va se colorer d'un très doux et harmonieux climat dévotieux. Si nous en sommes surpris, c'est pour n'avoir pas écouté avec assez de sérieux ce que nous disait la Musica : elle nous avait prévenus. C'est aussi que nous n'avions pas pris assez garde au ton de sa *sinfonia*.

Mais avouons-le : peut-être n'avions-nous pas mesuré à quel point de tout temps la pastorale a été caressée par ce genre d'effluves pieux, et même parfois un peu bigots, qui changent de langage selon l'époque, mais pas de ton. Du côté de chez Rousseau, il y a quelque chose de l'Être suprême qui flotte dans l'air et attendrit les cœurs sensibles. Du côté de chez Virgile, il y avait des dryades derrière chaque buisson et des nymphes dans chaque source ; les dieux étaient partout. L'Arcadie monteverdienne ne peut y échapper, mais va se parfumer autrement, du parfum de leur temps, tout simplement : on communie avec les étoiles, qui scintillent comme les yeux des belles, puisqu'elles en sont les images… Ces bergers sont résolument néoplatoniciens et savent par cœur une sorte d'*abrégé* de la belle pensée, qu'ils récitent comme des cantiques. Ils sont touchants, d'ailleurs, dans ces mouvements de piété douce.

D'ailleurs ils ont également lu Ovide : ils connaissent certainement le Xe livre des *Métamorphoses*, et savent que l'histoire d'Orphée y commence par ces mots : « De là, enveloppé de son manteau jaune safran, Hyménée s'éloigne et, traversant les plaines immenses de l'air, il se dirige vers les bords des Cicones. La voix d'Orphée vainement le convie à ses noces… »

CD 1, 3, 1'40

C'est pourquoi lorsque, à l'invitation du Pastore I, les bergers et les nymphes entonnent leur chant, c'est sous la forme d'une sorte de cantique, ou de choral, très simple, d'écriture homophone, rien moins qu'une chanson d'amour : une supplication adressée au dieu Hyménée, fils de Vénus (ou d'Uranie, ou de Calliope, on ne sait trop...) pour qu'il vienne bénir les noces :

Vieni, Imeneo, deh! vieni

Paroles qui sont d'ailleurs une transcription à peu près exacte de celles que l'on chantait dans la Grèce antique, les jours de noces, en allumant les flambeaux : « Ô Hymen, Ô Hymeneia... »

Pourtant si l'on en croit Ovide, Hyménée n'a pas célébré les noces d'Orphée et d'Eurydice. C'est même pire : il était présent, mais *incognito* et « la torche qu'il y tint brûla jusqu'au bout en sifflant une fumée qui faisait couler les larmes... »

C'est pourquoi les *pastori* et les *ninfe* de Monteverdi chantent avec un recueillement suppliant : la descente dépressive sur *Vieni Imeneo* (sur les mêmes notes exactement, remarquons-le, que les premiers mots du Pastore I et que ceux de la Musica : leitmotiv, Monteverdi?) et la remontée implorante sur *Deh, vieni :*

Viens, Hyménée, oh! viens!
Et que ta torche ardente
Soit comme un soleil naissant
Qui apporte à ces amants les jours sereins,
Et qu'au loin, désormais, se dissipent
Des tourments et du deuil l'horreur et l'ombre.

Peut être ne savons-nous plus assez notre Ovide par cœur, pour aimer (je veux dire à la fois « déguster » et « être touché ») ces allusions trop fugitives pour notre inculture. Essayons au moins de deviner ce qui, venant d'Ovide et de Virgile, est, durant tout ce premier acte, à la fois fragile, émouvant, et nostalgique : une obscure crainte qui traîne, un vague pressentiment. Dans ce chœur aux lignes si simples, au sein de ces accords dont la franchise semble d'abord ne vouloir traduire que la bonté naïve de ces bergers, se glisse une imperceptible note d'anxiété glissée dans l'harmonie : presque rien, des frôlements à peine dissonants, juste assez pour suggérer une insécurité de l'âme.

CD 1, 3, 2'40

Une des nymphes sort du rang. Elle est douce et tendre, elle aussi, un peu timide même. Elle a l'air de sortir du *Parnasse* de Mantegna. Comment donc fait Monteverdi pour donner aux personnages de son théâtre, même à ceux qui, comme cette petite, n'auront à chanter que vingt secondes en tout, une allure, un visage, une manière d'être personnelle, un caractère si l'on veut? elle n'a pas chanté cinq notes qu'elle est déjà vivante dans notre imagination... Sortie du chœur, elle n'a presque rien à dire, elle glisse de longues phrases sans aspérités, patine sur les mots tendres (rien : *core*, le cœur; mais elle a choisi ce mot-là pour adoucir encore sa voix en liant deux notes...). Elle invoque les Muses et leurs lyres. Nous savons désormais de quelle lyre il s'agit. Ce qu'elle demande, nous le devinons à mesure qu'elle le dit : que le chant des Muses, là-haut, s'accorde au sien, que leur belle *musica mundana* résonne en écho à la sienne, comme «des instruments bien accordés» (elle dit : «bien tempérés», comme Bach, *ben temprate*...) dont parlait Marsile Ficin.

CD 1, 4

Le chœur reprend aussitôt, cette fois-ci pour une danse, d'abord chantée, puis jouée aux instruments. Et plus que jamais il nous semble que nous sommes dans Mantegna, dans ce tableau au sujet un peu mystérieux, qu'il a peint pour Isabelle d'Este et avec tous les détails mythologiques et symboliques qu'elle exigeait. Sous la grotte de Mars et Vénus, quelle danse exécutent les neuf gracieuses Muses? *Padovana, saltarella, passamezzo*? Aucune danse qui soit réelle, bien entendu. La peinture peut être vraie sans être réaliste. La question est : pourquoi la danse que nous fait entendre Monteverdi paraît-elle, dans son mouvement, dans ses impacts, dessiner si précisément ce que nous montrent les Muses de Mantegna avec tant de grâce? Sans doute sortent-elles du même monde : car chaque société, chaque culture, chaque siècle, développe ses propres rythmes, ses propres mouvements; et les membres, les mains, les pas des hommes et des femmes changent avec le temps de cadence, de courbe, de contrecourbe aussi. Les corps modifient leurs postures, choisissent leurs manières et prennent plaisir à leurs allures : dans la vie comme dans la danse. Ensuite, la peinture fait son office et les dessine plus vrais que vrais si elle est bonne, sans que nous puissions dire si cette Muse danse la *padovana* (que nous appelons *pavane*, de sorte qu'aujourd'hui encore, nous nous pavanons en souvenir de l'élégance qu'on affectionnait à Padoue au XVe siècle); ou bien si cette danseuse croquée par Degas fait ses entrechats sur *Le Lac des cygnes*; ou bien sur quelle gracieuse sarabande Watteau fait onduler son *Indifférent*...

Mais plus probablement les Pastori et les Ninfe de Monteverdi sortent du même rêve que les Muses de Mantegna, et c'est bien pour cela que la musique sur laquelle ils dansent et chantent ressemble à celle qu'un siècle plus tôt un peintre nous montrait dans le silence de son tableau. Car il n'est pas un mot de ce qu'écrit Striggio pour que Monteverdi le mette en musique, qui ne puisse se deviner sur la bouche d'une jeune fille contemporaine d'Isabelle d'Este, et qui ne résonne ainsi dans ce *Parnasse* aussi irréel que l'Arcadie monteverdienne. Tandis qu'on danse pour célébrer les noces d'Orphée et d'Eurydice, on croit toujours à Mantoue que la danse *humana* est à l'image de celle des étoiles.

> Quittez ces monts, quittez ces sources,
> Nymphes charmantes et heureuses,
> Et dans ces prairies accoutumées aux danses
> Faites courir vos jolis pieds !
>
> Que le Soleil ici contemple vos rondes,
> Plus gracieuses que dans la nuit brune
> Celles que dansent sous la lune
> Les étoiles dans le ciel.

Enfin, voici qu'Orphée s'apprête à entrer en scène. Il est présent, nous le devinons, depuis le début de l'acte, au milieu des Pastori et des Ninfe : c'est de lui qu'on parle, c'est pour lui qu'on chante, c'est en son honneur qu'on danse, et aussi pour Eurydice, qui est là, elle aussi. Mais il se tait depuis le lever du rideau.

Il a fallu tout ce temps pour qu'enfin il entonne son chant. Il a fallu ces dialogues, ces chœurs, ces danses : il a même fallu, dirait-on, qu'un Pastore lui demande de rompre son silence : *ma tu gentil cantor...* « Mais toi, chantre courtois, si tes plaintes ont fait déjà pleurer ces campagnes, pourquoi au son de ta lyre légendaire ne fais-tu pas se réjouir avec toi les vallons et les collines? Qu'enfin soient témoins de ton cœur les chants joyeux inspirés par l'Amour.»

*

Rien, chez Monteverdi, n'est jamais laissé au hasard. C'est sans doute, avec Bach, l'un des musiciens les plus méticuleux de ce temps. La moindre double croche, le moindre soupir, la moindre modulation, le moindre accent sur une syllabe tonique, tout est calculé, pesé : nous en aurons cent fois la preuve. Mais Monteverdi est aussi un homme de théâtre. Il ne dessine pas seulement des mélodies : il les met dans la bouche de personnages. Il est sans doute le premier à avoir deviné que chacun de ceux qu'il fait chanter est un être vivant, une personne particulière, et que ce qu'il va chanter doit être façonné à l'image de ce qu'il est; ou plus exactement, qu'il va naître de ce qu'il chantera, et qu'il ne sera vivant qu'à proportion que ce qu'il chantera sera singulier.

CD 1, 4, 1'50

Voyons ce berger-ci.

Ce n'est qu'un figurant, un second rôle. Il n'est chargé ici que d'une modeste transition entre deux moments de cette scène. Il doit annoncer l'entrée d'Orphée, et lui demander de chanter. Que dit-il? Rien d'autre que les mots habituels d'un berger de pastorale, comme les Italiens en ont fait parler des dizaines depuis Boiardo. Les campagnes ont sangloté en entendant Orphée se plaindre. Les vallons et les collines rient enfin en l'écoutant chanter son bonheur. C'est simple et aimablement convenu, quant aux mots. Mais dès qu'il a ouvert la bouche, le voilà *peint*. À aucun moment depuis le début de l'œuvre on n'a entendu quelque chose d'aussi naïvement démonstratif. Tout est là : la chute de quinte sur *lamenti*, la descente chromatique insistante sur *festi lagrimar*, aussitôt suivie d'une allègre remontée sur le *ré* majeur pour l'évocation du plaisir qu'il attend du chant qu'Orphée ne manquera pas d'offrir à ses amis pour leur communiquer son bonheur. Que la Musica était sobre au prologue! Que la nymphe était timide et réservée! mais non : pour ce brave berger le cœur sur la main, des larmes sont des larmes, le plaisir est le plaisir, que diable! Tout vous est offert au premier degré de l'émotion, sans nuance et avec appétit. On ne peut pas plus naïf, et l'on dirait que Monteverdi met même un grain d'humour dans cet étalage resserré en quelques mesures. Mais qu'on y prenne garde : nous trouverons la même chose, inversée symétriquement, à l'instant où, à l'acte II, se nouera le drame, quand la douleur secrète et cachée d'Orphée se trouvera encerclée par les exclamations bruyantes et naïves elles aussi, des bergers et des nymphes.

Tout cela ne dure que quelques secondes; et ce berger aimable a rempli son rôle, qui est d'abord d'être lui-même, et ensuite de donner tout son poids au chant d'Orphée en le mettant d'avance en valeur, par contraste.

*

CD 1, 5

Le silence, en principe, c'est l'absence de son, Mais la musique est ainsi faite qu'elle peut aussi peindre le silence, et traduire par du son l'absence de son.

Il se pourrait bien que ce soit encore Monteverdi qui soit l'inventeur de ce paradoxe sonore. Au *Ve Livre* de ses madrigaux, il fait chanter cinq voix sur les vers du *Pastor fido : i' mi morrò tacendo* (je mourrai en me taisant) : de telle manière que *nous entendons* qu'il se tait. Dans *Le Combat de Tancrède*, quelle incroyable sensation physique d'absolu silence il nous donne quand le récitant entonne les admirables vers du Tasse où il évoque le silence de la nuit (que Monteverdi a d'ailleurs déplacés de quelques strophes pour mieux les mettre en valeur au milieu du tintamarre du combat).

> *Notte, que nel profondo oscuro seno*
> *Chiudesti e ne l'oblio fatto si grande...*
>
> Ô nuit, toi qui dans les profondes ténèbres de ton sein
> Ensevelis dans l'oubli si grand haut fait...

Comment est-il imaginable de manifester le silence par du son? Mais d'abord : qu'est-ce que le silence? Ce n'est pas seulement l'absence de bruit : il y faut l'immobilité, la sensation du temps suspendu, et encore quelques autres choses, puisque même le balancier de la vieille horloge qui marque le temps de ses battements et de ses allers et retours, lui-même est le plus fidèle faire-valoir du silence. C'est bien ce qui se passe, d'ailleurs, à l'instant où le Pastore II se tait. Qu'entend-on? Une longue note de basse à la viole de gambe, immobile, mais que les chitarroni, la harpe surtout, prescrite par Monteverdi (et dont jouait le chanteur Gualberto Magli), vont meubler d'immobiles arpèges : dans ce *sol* mineur que nous entendons pour la première fois, et qui sera jusqu'au bout la tonalité d'Orphée. Comment expliquer, comment s'expliquer cela? La note de basse ne bouge pas, les cordes pincées montent et descendent leurs arpèges, et c'est le silence de l'attente. Orphée se tait et tous les regards sont obligés de se tourner vers lui, toutes les âmes de se tendre vers ce qu'il va dire. Quand il voudra. Et cela ne dure qu'une seule mesure...

Pas exactement : car cette même note immobile va se poursuivre tout au long des douze premières mesures du chant d'Orphée. Il nous donne ainsi la sensation de ne pas être dans le temps, ou de venir de très loin, d'un monde où le temps, justement, n'existerait pas.

Ce n'est pas tout. La longue phrase d'un seul tenant que décline Orphée sur cette immuable tenue de basse, pas une fois il ne va la faire frissonner de cette note que les musiciens appellent « sensible » dans le jargon de leur solfège : pas un seul *fa* dièse au long de ces douze mesures dont on croyait qu'elles étaient tout simplement en *sol* mineur. Le chant semble même l'éviter, sauter par dessus quand il monte ou redescend. Ceux qui ne lisent pas la musique peuvent bien s'étonner : quoi ? douze mesures sans un *fa* dièse, est-ce si important ? Eh bien, oui, justement quand on est en *sol* mineur... C'est à ce point important que même ceux qui ne lisent pas la musique entendent parfaitement, sans en savoir la raison, que cette mélodie que chante Orphée n'est pas une mélodie, que c'est à peine un chant, que cela a le caractère étrange, comme distancié, lointain, étranger, d'une sorte d'incantation. Pourquoi ? Parce qu'une mélodie sans « note sensible » n'appartient pas à l'univers *tonal* qui est le nôtre depuis quatre siècles et dans lequel se meut déjà la musique du temps de Monteverdi : elle appartient à l'univers *modal*, celui de la musique médiévale, antique, orientale. Elle vient d'un autre monde et nous ne pouvons pas ne pas le ressentir, que nous en sachions ou non la raison. Ce chant d'Orphée, sur cette basse immuable qui elle-même nie le temps, semble appartenir à un autre âge, remonter du fond des siècles et de leurs mystères. Ce qu'il chante n'appartient pas au monde des bergers autour de lui (et comme le gai et simplet Pastore, il y a dix secondes, paraît brusquement loin !). C'est hors du temps, hors du présent, presque hors du réel… Loin de tout. À peine Orphée ouvre-t-il la bouche qu'il est musicalement dessiné : *semideo*, demi-dieu, magicien, prophète. Son chant lui-même est magique. Bien sûr, nous le savions : mais en douze mesures, Monteverdi vient de nous le prouver en musique.

Et que dit-il ? Va-t-il nous parler d'amour comme le berger l'invite à le faire ? Eurydice est à ses côtés. On vient de nous parler de leurs difficiles accordailles, des larmes que versaient les forêts en l'entendant gémir, jusqu'à ce qu'enfin la douce nymphe se rende à lui. C'est pour célébrer ce bonheur qu'ils sont tous réunis. Orphée devait donc se tourner vers elle et lui déclarer son amour, publiquement. Ils n'attendent que cela, et le public aussi. Pourtant, non. Pas tout de suite. Le silence d'Orphée, que soulignait Monteverdi, suppose autre chose. Les mots qu'il va prononcer vont être eux-mêmes hors du temps. Un chant d'amour doit d'abord passer par le ciel : néoplatonisme oblige. Et voici que Striggio, avec quelques moyens très simples et même frustes, racole en l'espace de quatre vers tout ce qui peut suggérer, évoquer, autant à notre oreille qu'à notre pensée, l'antiquité d'un hymne au Soleil, mi-poésie, mi-prière, où l'on puisse retrouver pêle-mêle des souvenirs de Pythagore, des effluves venus du *Banquet* de Platon, un arrière-goût des *Hymnes orphiques* de Marsile Ficin, et vingt autres fumets que reconnaît aussitôt un membre de l'Accademia dei Invaghiti, et nous aussi, si nous y prêtons attention. Tout y est : le parfum, la lumière, le dessin, les sphères qui tournoient dans l'harmonie depuis l'éternité… Quatre vers seulement, douze mesures sans un seul *fa* dièse, pas un effet de manche ni de voix pour appuyer, et tout est dit. Il faut écouter, les mots autant que les notes, et l'un dans l'autre :

CD 1, 5

Rosa del ciel, vita del mondo, e degna
Prole di lui che l'Universo affrena,
Sol, che tutto circondi e l 'tutto miri,
Da gli stellante giri...

Rose du ciel, vie du monde, et digne
Héritier de celui qui régit l'Univers,
Soleil, toi qui englobes tout et qui vois tout,
De tes cercles étincelants...

Si je voulais être un peu plus précis et faire entendre au lecteur (à la fois dans son esprit et dans son oreille, puisque le mot *entendre* dit les deux choses à la fois), ce qu'entendait un spectateur de l'*Orfeo* en 1607, il me faudrait passer pour pédant. Je vais prendre ce risque et citer des *Hymnes orphiques*, dans le texte et dans la traduction qu'en fit Marsile Ficin et dont (j'insiste) tout membre de l'Accademia avait au moins des bribes dans la mémoire. On va y retrouver à peu près tous les mots qu'a prononcés Orphée : « œil éternel et qui voit tout », ἀιωνίον ὄμμα ; « céleste lumière », οὐρανιον φώς ; et ceci, sublime dans la concision des mots grecs, κυκλοέλικτε φωσφόρε, « porteur de lumière enroulé en cercle », « tourbillon flamboyant » ou, pour parodier le son et le sens des vieux mots : « cycloélipse phosphoreuse »...

Ce n'est pas tout. Au même moment, dans les mêmes mots, tandis qu'on baigne dans la vieille Grèce solaire, on se retrouve avec Dante au *Paradis,* à l'instant exact où il retrouve Béatrice (chant XXX) et où il lui parle du ciel, comme Orphée se retournant vers Eurydice parle au soleil en évoquant *la rosa sempiterna* « la rose éternelle », *la candida rosa*, « la rose blanche ».

Que cet Orphée, mis en vers par Striggio et en musique par Monteverdi, connaisse ainsi par cœur ses classiques, cela n'est pas vraiment pour nous étonner ; tous les personnages de la *Favola* en font autant : cette œuvre est littéraire avant même d'être musicale. Ce qui change avec elle, c'est que la moindre référence à un texte classique ou antique, à une pensée ou à un sentiment connu, repérable par les auditeurs, apparaisse comme *vécue par le personnage*.

Cette faculté de dramatisation des sentiments, des pensées, des images, c'est précisément ce qui sépare cet *Orfeo* de la Renaissance qui s'achève, en grande partie avec lui, de ce qui est en train de naître, également avec lui et par lui. C'est là que nous pouvons mesurer le chemin parcouru depuis qu'Isabelle d'Este, cent ans plus tôt, ornait son *studiolo* et sa *grotta* d'allégories et de symboles. Ce qui autrefois était pensé, imaginé, dit, chanté, les hommes de ce tournant du siècle éprouvent désormais le besoin de le *rappresentar*, de le *recitar*, c'est-à-dire de le jouer. Le XVIIe siècle tout entier, qu'il soit sculpture, peinture, architecture même, va être une théâtralisation généralisée. Une façade de Borromini, ce n'est plus de l'architecture : c'est du théâtre. La colonnade du Bernin, c'est de la mise en scène. Déjà, il ne suffit plus de « dire » la poésie : il faut la mimer et la déclamer. Il ne suffit plus de chanter : il faut jouer ce qu'on chante.

C'est en cela que l'*Euridice* de Peri, qui n'était pas sans beauté, était restée à mi-chemin, bloquée par les *a priori* littéraires de ses auteurs.

Au contraire, le madrigal, tout au long du XVIe siècle, avait été une démolition progressive de la sérénité de l'écriture polyphonique, en vue de sa dramatisation, pour « représenter » ce que le texte poétique avait à transmettre. Galilei, Peri avaient cru que pour aller plus loin, il fallait abattre la polyphonie : d'autres ont pensé, de manière plus subversive, qu'il suffisait d'insinuer l'expression à l'intérieur même du déroulement de ses cinq voix. Giaches de Wert avait été l'un des artisans les plus remarquables de ce nouveau sentiment du rapport de la poésie et de la musique, précédant Monteverdi et lui montrant la voie : avec l'*Orfeo*, toute pensée est incarnée dans un personnage vivant.

Déjà, dans les premiers moments de l'acte premier, tous les personnages, la Ninfa, les Pastori étaient, chacun à sa manière, des personnages dramatisés.

Orphée avec les premiers mots de cette apparemment abstraite invocation au Soleil, va aller beaucoup plus loin. Il interpelle en son nom propre, de « moi » à « toi », l'astre sacré. La différence se mesure si l'on juxtapose cette transcription musicale personnalisée et ce qui se disait un siècle plus tôt sous forme de réflexion philosophique. La pensée est la même. Ce qui change, c'est la personnalisation et donc la dramatisation de l'idée. Ce que vient de chanter Orphée n'est qu'une *rappresentazione* de ce qu'écrivait Marsile Ficin : « Orphée a nommé Apollon l'œil vivant du ciel, qui possède le sceau donnant forme à toute chose au monde. »

C'est presque mot pour mot ce que vient de chanter Orphée.

Mais il va plus loin encore. Nous nous étonnions qu'en réponse au Pastore lui demandant de chanter son amour et qu'en présence d'Eurydice (dans notre esprit du moins elle n'attendait qu'un sourire et quelques notes de tendresse), Orphée ne trouve rien d'autre à faire que de lever les yeux au ciel et dire « Toi qui vois tout et englobes tout » ; nous avions tort.

Pour parler d'amour, quand on est tant soit peu néoplatonicien, on doit *d'abord* s'adresser à son astre. Marsile Ficin l'affirme, donc c'est vrai : « Notre *spiritus* est conforme aux rayons du *spiritus* céleste qui, occultes ou manifestes, pénètrent tout. Nous pouvons le rendre encore plus conforme, si nous dirigeons avec force nos affections vers l'astre dont nous désirons le bienfait. »

Ainsi, quand on est Orphée, fils d'Apollon, avant de s'adresser à sa belle, on parle au Soleil. Ce n'est pas un détour : c'est au contraire la droite voie qui mène à l'amour, non pas platonique (ce mot dévalué et qui a perdu tout sens), mais platonicien (ou néoplatonicien, quand on est en Italie au XVIe siècle). Car l'amour est au cœur de cette réflexion sur l'univers : le *spiritus* dont parle Ficin, en définitive, c'est l'amour même. Mais il ajoute que le modèle de l'amour, c'est Orphée, sans doute justement dans la mesure où, par sa musique, il est le grand déambulateur du *spiritus* : va-et-vient permanent vers les êtres et les choses, *via* le Soleil. Ficin ne cesse de l'écrire, en particulier dans une précieuse lettre à son disciple Cavalcanti : *esse amorem, ac mundi totius habere claves ab Orfeo* (C'est par Orphée que l'on apprend que l'amour est la clef de toute chose). Déjà tout ce qu'on pouvait voir dans la *grotta* d'Isabelle affirmait la même vérité : ce qui a changé depuis elle, c'est la manière dont l'Orphée de Monteverdi le dit en son nom propre, parce que tout homme, en ce début du XVIIe siècle, est un homme de théâtre. Donc il joue. Quand il pense, et si abstraite que soit sa pensée, il dit «je».

Il va nous en donner la confirmation immédiatement en changeant de ton, à l'instant où, baissant les yeux après ses douze mesures d'invocation religieuse, il se tourne vers Eurydice.

*

CD 1, 5, 0'36

Ce qui change, ce n'est pas tout de suite la voix d'Orphée : Monteverdi est plus subtil. C'est d'abord la viole, immobile depuis la première syllabe, qui se met tout à coup en mouvement par-dessous le chant : on rentre dans le Temps.

On dirait qu'Orphée, perdu jusque-là dans sa contemplation apollinienne, reprend soudain conscience de lui-même. Il quitte la figure du demi-dieu ; sa voix se presse : il s'adresse encore au Soleil, mais pour lui poser une question d'homme et même, si je puis dire, d'homme à homme :

> Dis-moi, as-tu jamais vu
> Amant plus heureux et plus fortuné que moi ?

On est sorti de l'immensité immobile des siècles : voici l'homme, avec ses *affetti* que Monteverdi souligne en accélérant le rythme de la parole.

Orphée s'est tourné vers Eurydice : c'est à elle maintenant qu'il parle.

Le bonheur de la poésie, c'est ce qu'on sait par cœur : quand ce qu'on entend est en nous depuis si longtemps que c'est devenu une part de nous et que de le retrouver, qui plus est par surprise, nous donne la sensation d'être nous-mêmes devenus poètes, puisqu'on nous fait entendre quelque chose qui sort de nous. Quand la musique nous fait cette surprise, en nous offrant un texte, su par cœur, aimé, répété, qu'elle enrobe comme un paquet-cadeau, elle double le bonheur et c'est ce que dut ressentir tout spectateur, ce 24 février 1607, en entendant Orphée sourire à Eurydice.

Car Striggio se met tout à coup à pétrarquiser, et d'une façon si aisément reconnaissable qu'elle ne pouvait laisser indifférent un membre de l'Accademia dei Invaghiti.

Nous ne savons plus par cœur les vers de Pétrarque, mais les contemporains de Monteverdi les avaient en mémoire, et surtout ceux-ci, qui viennent d'un de ses plus célèbres sonnets. La Renaissance s'est nourrie de Pétrarque, plus encore que de Dante. Ronsard, se souvenant dans sa vieillesse de ses vers à Cassandre, écrivait : « J'ai pétrarquisé », et inventait ce joli mot que je viens de lui emprunter. Nous avons oublié que Pétrarque est le plus ancien poète lyrique d'Occident, le premier qui ait écrit des vers amoureux en disant « je ». *Tristan et Yseult*, c'était une histoire d'amour, mais c'était un conte : le poète n'y parlait pas de lui. Pétrarque est le premier qui ait dit « je » – non pas, comme Dante, un « je » allégorique et mythique, mais un vrai « je », pour dire : « J'aime quelqu'un qui s'appelle Laure », *Amor m'a posto come segno a strale* (Amour m'a exposé comme cible à la flèche).

Ainsi, pour tenter d'approcher le plaisir et l'émotion que put ressentir un quelconque spectateur à la première représentation de l'*Orfeo*, à l'instant où Orphée se tourne vers Eurydice, il faut pouvoir se murmurer à part soi l'un des plus célèbres sonnets du *Canzoniere* avec autant d'affection que s'il faisait partie de notre vieux bagage de poésies.

Benedetto sia 'l giorno, e 'l mese, e l'anno,
E la stagione, e 'l tempo, e l'ora, e 'l punto,
E 'l bel paese, e 'l loco, ov'io fui giunto
Da duo begli occhi che legato m'anno...

Béni soit le jour, et le mois, et l'année,
Et la saison, et le temps, et l'heure, et l'instant,
Et le beau paysage, et le lieu, où je fus atteint
Par deux beaux yeux qui m'ont lié...
(Pétrarque, *Canzoniere*, sonnet LXI)

Il faut pouvoir en retrouver avec émerveillement les sons et les images, à mesure qu'Orphée les déroule, avec les mots de Striggio, transfigurés par la musique de Monteverdi :

CD 1, 5, 0'45

Fu ben felice il giorno
Mio ben, che pria ti vidi;
E più felice l'ora
Che per te sospirai,
Poich'al mio sospirar, tu sospirasti;
Felicissimo il punto
Che la candida mano
Pegno di pura fede a me porgesti...

Bienheureux fut le jour
Mon aimée, où d'abord je te vis;
Et plus heureuse l'heure
Où j'ai pour toi soupiré,
Puisqu'à mon soupir tu as soupiré;
Et plus heureux encore l'instant
Où ta blanche main
Gage de pure foi, tu m'as tendue...

Il n'est pas trop grave que Striggio, qui n'est pas mauvais poète mais n'est pas Pétrarque, alourdisse un peu les choses : la musique transfigure tout. D'ailleurs il n'a jamais été demandé à un librettiste d'être un grand poète. Ce qu'on attend de lui, c'est qu'il offre au musicien ce dont il a besoin, les mots clefs, les articulations justes de la pensée. En 1607, on ne sait pas encore ce que c'est qu'un librettiste ; on n'a encore aucune expérience des ficelles de ce métier. Ce qu'il faut admirer, c'est au contraire l'intuition que Striggio en a déjà, et le génie qu'a Monteverdi de saisir toutes les balles au bond. Pétrarque, dans sa pure concision, n'avait pas parlé de *soupirs* : c'est qu'il vivait encore au XIVe siècle. Les soupirs sont nés avec la pastorale, et on soupire de plus en plus à mesure qu'on s'approche de ce que nous appelons « baroque ». Striggio les rajoute, et insiste trois fois ; trois fois Monteverdi caresse le mot, l'isole par ce qu'en solfège on appelle, justement, soupirs. Il est si subtil qu'il se garde bien de madrigaliser davantage et n'insinue son accord dissonant de septième non préparée que sur le *tu*, à contretemps : *tu, sospirasti...* Il est si bon poète lui-même qu'il fait une merveilleuse progression de sa musique sur la répétition : *tu ben felice... e più felice... felicissimo...*

Puis Striggio pétrarquise encore un peu, à ses propres frais, cette fois :

CD 1, 5, 1'30

Si j'avais autant de cœurs
Que le ciel éternel a d'yeux, et autant de chevelures
Qu'en ont ces collines aimables au vert mai,
Tous seraient comblés et déborderaient
De ce plaisir qui aujourd'hui me fait heureux.

Monteverdi reprend, souligne « *quanti... quanti...* » et achève par une si ample courbe de la voix (descendant sur *déborder*, et remontant sur son *plaisir*) qu'on peut bien dire que, pour une première déclaration d'amour à l'opéra, c'est une des plus belles et des plus tendres. Marsile Ficin aurait-il raison, et faut-il d'abord prier son astre, avant de parler à celle qu'on aime ?

*

CD 1, 5, 2'00

Orphée s'est tu.

Ses derniers mots s'adressaient à Eurydice. Il s'était donc tourné vers elle, amoureusement. Elle va lui répondre, mais de manière si étrange, si curieusement indirecte et pourtant si directement touchante ; si timide, si réservée et pourtant si amoureusement offerte – bien plus que lui, dirait-on – qu'on est ému sans trop savoir pourquoi, et peut-être justement de ne pas savoir.

Eurydice est l'un des personnages les plus mystérieux de cet *Orfeo*. C'est à peine si on l'entend : deux fois en tout. La première, dans cette réponse à Orphée en présence des Ninfe et Pastori – témoins, garçons d'honneur... ; et plus tard, à l'instant où Orphée la perdra pour s'être retourné sur elle. Moins de deux minutes au total : et chaque fois, elle nous fait venir les larmes aux yeux.

Cette première fois (cinquante secondes, exactement), c'est encore un peu indistinct, et d'autant plus inexplicable. Pourquoi sommes-nous émus à ce point ? Les six vers qu'elle prononce semblent un peu convenus ; on a le sentiment d'avoir vingt fois lu cela dans des sonnets précieux ou des épigrammes maniéristes : « Mon cœur n'est plus à moi, puisqu'il est à toi... ». C'est à peine si

Striggio développe le thème et le « file » ; il en serait presque alourdi. Il est vrai qu'il est infiniment plus doux et plus ductile dans cette langue italienne dont aucune traduction ne peut rendre la musique, pré-musicale en quelque sorte :

> Je ne te dirai pas quelle peut être
> Ma joie, Orphée, à ta joie…

(*Io non diro qual sia/Nel tuo gioire, Orfeo, la gioia mia…* Comment transcrire la douceur de ces diphtongues répétées : *io, sia, tuo, gioire, gioia, mia…* ? Impossible… Que la langue française est donc dure !…)

> Car je n'ai pas mon cœur avec moi,
> Mais il est avec toi, en compagnie d'Amour.
> Demande-le-lui donc à lui, si tu désires entendre
> Combien je suis heureuse, et combien je t'aime.

Voilà tout ce qu'elle dit. Rien d'autre. Le reste, c'est le génie de Monteverdi.

Les mots de Striggio glissent ; ils ont été choisis pour cela. Mais la musique de Monteverdi glisse sur les mots, sans le moindre effet appuyé, sans un seul de ces madrigalismes qui, depuis un siècle, sont destinés à susciter l'émotion : et c'est justement la fluidité de ce chant qui nous trouble. Comme tout à l'heure le naïf Pastore, puis comme Orphée, Eurydice est *peinte* par cette mélodie sans aspérités, sans angles, onctueuse et tendre. Timide, quand elle ouvre la bouche pour dire *io non diro qual sia* en descendant un quinte diminuée (*ré-sol* dièse), le plus ambigu, le plus indécis de tous les intervalles de la musique, celui qui ne sait pas qui il est, ni où il va puisque à partir de lui, justement, on peut moduler vers où l'on veut ou vers où l'on ne veut pas. Quand elle dit : *Orfeo, la gioia mia*, elle tourne autour d'une seconde mineure, la descend, puis la remonte en patinant sur la syllabe de sa joie. Elle recommence en abordant le mot *Amore*. Elle n'en finit pas de monter et de descendre des tierces mineures, dont on ne peut dire si elles sont tendres ou effarouchées, des demi-tons pleins de réserve : et cela sans le moindre de ces chromatismes dont l'insistance aurait quelque chose, comment dire ? d'impudique. Et pourtant non : elle termine en s'offrant, au plus fort et au plus tendre sens du mot « s'offrir », quand il s'agit d'une femme amoureuse, par une longue tenue sur la quinte, le *la* suspendu au-dessus du *ré* majeur de la viole et du luth.

Monteverdi est le premier et l'un des plus grands *portraitistes* de l'histoire de la musique.

Peut-être fait-il encore mieux. Si peu de temps après le Titien, on sait bien en Italie ce qui se cache dans un visage, derrière un visage, dans le secret. Cette quinte diminuée lorsque Eurydice ouvre la bouche, cette errance mineure quand elle parle de sa joie, n'est-ce que de la retenue, de la réserve, de la timidité tendre, ou bien Monteverdi veut-il nous faire aller plus loin en l'écoutant ? Veut-il que nous percevions quelque chose qui ne se trouve pas dans les mots de Striggio, de même qu'en deçà des traits d'un visage, le peintre parvient à nous faire lire des émotions qu'on ne voit pas ? Comme si Eurydice avait au cœur l'indicible pressentiment de ce que nous savons, nous, et qu'elle ne sait pas, et qu'il orientait vers la douleur l'expression même de sa joie ? Monteverdi serait alors encore plus grand portraitiste qu'on ne pensait, faisant par la musique dire au poème plus qu'il ne dit, sans pourtant rien dévoiler. La musique après lui fera au cours des siècles quelques-uns de ces miracles-là : mais il est le premier à avoir cru cela possible, et à l'avoir fait.

CD 1, 5, 2'55

L'émotion qui baigne la réponse d'Eurydice fait qu'on a peine à reprendre pied dans le monde de la pastorale, et que la reprise joyeuse du chœur et de la danse des bergers et des nymphes nous heurte un peu rudement, peut-être par trop d'insouciance, de légèreté. Mais peut-être aussi Monteverdi a-t-il, une fois de plus, raison. Il nous avait fait deviner, au début de cet acte, que le monde intérieur des Pastori n'a pas la gravité de celui où aiment, pensent, désirent, Orphée et Eurydice : peut-être faut-il donc émerger un instant, et laisser danser *il bel pié*, le joli pied des aimables nymphes.

CD 1, 6

Cela ne dure pas, d'ailleurs : puisque la symétrie veut qu'aussitôt tous reprennent leur cantique à Hyménée et qu'une gravité retombe sur le jardin de leur pastorale. Nous avions donc peut-être tort de les avoir trouvés, un moment, frivoles : les voici qui retournent à leurs cantiques après avoir lancé des pétales de fleurs aux mariés. C'est le Pastore I qui va les conduire, en leur rappelant que l'univers de la pastorale est aimable, mais dévot, et qu'il sera toujours, lui aussi, néoplatonicien. L'amour, même bucolique, vient du ciel, et doit y retourner.

CD 1, 6, 1'00

> Mais si notre plaisir nous vient du ciel
> Comme du ciel vient tout ce qui nous arrive,
> Il est juste que, dévotement,

Nous lui offrions notre encens et nos vœux.
Aussi, que chacun se dirige vers le temple
Pour prier celui qui tient dans sa main droite le monde
Afin que longtemps il nous conserve notre bonheur.

CD 1, 7

Il s'ensuit une courte mais admirable *sinfonia* où Monteverdi nous prie de ne pas oublier qu'il est aussi compositeur de musique sacrée et que l'art polyphonique n'a rien de secret pour lui : cordes seules, à cinq voix, en double canon à deux voix démarrant chacune à un temps d'intervalle, glissant les unes sur les autres d'une manière si subtile qu'on ne parvient plus à savoir où est la consonance, où est la dissonance, mais que tout est grâce.

Depuis que les humanistes florentins se sont pris d'une admiration presque démesurée pour la littérature de l'Antiquité, et en particulier pour la tragédie grecque, qu'ils en ont fait leur modèle et que leur obsession est de tenter d'en retrouver les secrets, ils savent qu'il y a dans chaque œuvre d'Eschyle, de Sophocle, d'Euripide ou de Sénèque un élément inamovible. Quel que soit le sujet, quels que soient les personnages et qu'ils viennent de la légende ou de l'histoire, le Chœur est toujours présent. Ce n'est pas un acteur du drame, à proprement parler. Il participe pourtant à l'action, mais de loin, comme à la marge : il regarde, il commente, parfois il intervient, mais en retrait.

« Ô terre, et vous, resplendissants rayons du soleil ! Voyez-la, voyez cette femme funeste, avant que sur ses enfants elle ne porte une main sanglante ! Va donc, lumière née de Zeus, retiens-la, arrête-la, chasse de la maison la misérable… » (Euripide, *Médée*.) Mais, même lorsque, comme ici, il a l'air de vouloir jouer un rôle, jamais il n'entre en action. Il est un acteur passif, ou un spectateur actif. C'est la voix des assistants. Il tremble avec eux, crie à leur place, se met pour ainsi dire à leur tête pour clamer leur terreur, bourdonner leur fièvre, chuchoter leur émotion, ou pour mieux dire, les chanter, puisque en Grèce cela se chante : « Ô terre des Pélasges, j'entonne mon chant funèbre, mes ongles blancs se posent sur mes joues, mon poing meurtrit mes tempes… Gémis, terre cyclopéenne… »

Du chœur, se détache parfois ce que nous appellerions un soliste, ce Coryphée qui intervient de manière plus directe et plus personnelle, mais jamais jusqu'à interférer dans l'action.

Striggio n'a pas conçu très différemment le rôle du chœur dans l'*Orfeo*. C'est à peine si les Pastori et les Ninfe, au début de cet acte, semblaient jouer collectivement un bout de rôle, en appelant Hyménée ou en dansant. Ils n'étaient en réalité que l'expression du bonheur arcadien. Ils l'ont reprise pour saluer l'amour d'Orphée et d'Eurydice : et l'on a peut-être mieux compris, à les entendre alors, qu'ils n'avaient rien fait d'autre que de regarder ensemble et de s'émouvoir.

CD 1, 7, 0'36

Il est intéressant de voir que Striggio avait imaginé de confier au chœur tout le finale de cet acte premier, et que c'est à Monteverdi qu'est dû son découpage entre divers Pastori chantant en solo ou en duo. La lecture du livret sonne comme un chœur antique :

> Que nul ne s'abandonne, désespéré,
> À la douleur, même si parfois elle nous assaille
> Avec une force qui rend amère notre vie…

Le chœur antique était absolument anonyme. Celui de l'*Orfeo* change d'état, et donc de voix, à chaque partie : Monteverdi, de sa propre initiative, fait chanter à des solistes ce que Striggio avait confié à un chœur impersonnel, comme l'auraient fait Eschyle ou Euripide.

Acte II

L'acte II semble d'abord vouloir poursuivre la douce pastorale du premier acte. Nous sommes bien toujours au milieu des bergers, avec Orphée. Mais Eurydice n'est pas là, ni les Nymphes : dans le monde méditerranéen, les filles se promènent en groupe, loin des garçons. En Arcadie, qui se trouve quelque part entre la Grèce, la Thrace et la Sicile, elles cueillent des fleurs pour faire des bouquets et des couronnes qu'elles mettent au cou de leurs petits agneaux, comme on voit sur le tableau de Lorenzo Costa dans le *studiolo* d'Isabelle d'Este. On lit cela dans les récits mythologiques : Proserpine à quinze ans « emplissait de violettes et de lis blancs des corbeilles et les plis de sa robe », à ce que dit Ovide. C'est ainsi que Pluton l'a vue et l'a enlevée. Pour Europe, ce fut Jupiter ; ses amies étaient tout autour, effrayées de la voir partir avec un taureau. Pour Syrinx, ce fut Pan. Pour Eurydice, on parle d'Aristée. En tout cas, depuis que la Grèce est Grèce et adorée des savants humanistes florentins, les filles arpentent en riant la campagne et cueillent des fleurs. Monteverdi, dans un instant, le fera chanter aux Pastori :

Ici les gracieuses Dryades,
troupe toujours fleurie,
on les voyait de leurs blanches mains
cueillir des roses...

Pendant ce temps, les garçons restent entre eux à se raconter des histoires. En Arcadie, ils chantent (c'est-à-dire font de la poésie puisque là-bas c'est la même chose) et dansent, en jouant de la flûte ou en faisant sonner leur luth.

Ainsi, ce qui change, dès la première note de l'acte II, ce n'est pas le sujet, mais le rythme. Au premier acte, tout était douceur, émotion dévote : nous en avions été surpris, attendant autre chose d'une pastorale. Mais justement, c'est cet acte II, paroles et musique, qui va ressembler à ce que nous avions alors dans l'esprit. À peine la *sinfonia* fait-elle entendre ses premières notes que nous sommes dans un allègre tempo de danse. Pourtant Monteverdi va une fois encore, et ce n'est pas la dernière, nous surprendre. Les danses de la Renaissance, nous les connaissons. Le collègue de Monteverdi à Mantoue, Gastoldi, en a laissé de célèbres, pleines de fraîcheur et d'allant. Mais quelle différence ! Quelle liberté rythmique, quelle invention ici : au sein d'une pulsation toujours semblable, comme il convient à une danse, pas une mesure où les durées soient égales.

CD 1, 8

C'est Orphée qui mène, au sens propre, la danse. Son chant a la pulsation traditionnelle des vieilles chansons qu'on trouve dans les vieux recueils.

Voici que je reviens à vous
Chères forêts et rivages aimés.

D'où revient-il ? On ne sait trop. Peut-être de sa lune de miel. En tout cas, ce qui éclate, c'est sa joie. Pas un mot sur Eurydice, mais un souvenir pour le soleil sans toutefois l'accent religieux de l'acte premier. La pastorale semble cette fois toute profane. Quand il parle des forêts, c'est pour dire qu'elles sont

> Par ce soleil rendues heureuses,
> Lui qui seul sait changer mes nuits en jours.

Toute la première partie de cet acte II va être fort suggestive pour les spectateurs. Les Pastori, conduits par Orphée, le maître de chant, vont rivaliser en suivant son exemple, et nous offrir un de ces tournois, une de ces joutes poétiques, de ces concours où l'on rivalise de prestance vocale, d'invention, d'improvisation, comme on en faisait aux temps anciens, dans cette vallée des Muses où coule le Permesse et d'où est venue, on s'en souvient, la Musica ; et comme on en faisait dans l'Italie de la Renaissance (à la villa Carregi, entre autres) ; et comme on en fait encore aujourd'hui dans les vieux villages des pourtours de la Méditerranée. Mélange d'art populaire et d'humanisme. Croisement des *Épigrammes* et des *Idylles* de Théocrite, dialogues, chansons, tableaux bucoliques, et des *balletti* du XVIe siècle.

CD 1, 8, 0'38

À peine Orphée a-t-il chanté son couplet qu'on entend, au fond de la scène (Monteverdi précise), deux *piccoli violini alla francese*, ces petits violons aigus qu'on appelait en France des pochettes, et servaient aux maîtres à danser qui pouvaient les glisser dans leur poche. Le premier Pastore chante la douceur du paysage, la chaleur du soleil (encore lui !) et le murmure des eaux. Un instant plus tard, deux autres Pastori parlent du dieu Pan, et aussitôt on entend deux petites flûtes à bec sonnant, elles aussi, dans l'aigu.

> Ici, on entendit Pan, dieu des bergers
> Rappeler doucement
> Parfois avec tristesse
> Ses amours aventureuses.

CD 1, 9, 0'41

Enfin le chœur, comme le Pastore du premier acte, invite Orphée à chanter lui-même, ce qu'il va faire avec une virtuosité et une impétuosité magnifiques. Tous ces airs, ceux des Pastori comme ceux d'Orphée, sont savamment rimés et rythmés par Striggio. On y retrouve ce qu'on aime dans les cours italiennes, depuis cent ans et davantage. Isabelle d'Este s'y retrouverait. Ses musiciens, malgré la science nouvelle de Monteverdi, s'y retrouveraient aussi, dans les rythmes et dans les mots.

CD 1, 9, 1'32

L'air d'Orphée, *Vi ricorda, o bosch' ombrosi*, est ébouriffant de rythme et de science. C'est une *aria* en quatre strophes, reliées par une *sinfonia* endiablée. Les pulsations de la danse mêlent le binaire et le ternaire, avec des contretemps inattendus, sur un superbe *sol* majeur (le soleil encore ?) qui contraste avec le mineur qu'on a entendu jusque-là dans la bouche d'Orphée.

Avec une science admirable, Monteverdi a su ménager une progression de la joie, de l'insouciance.

On s'est beaucoup interrogé sur le rythme particulier de cet air. On a parlé d'une « rythmique à l'antique », comme on la pratiquait alors en France, depuis qu'Antoine de Baïf avait créé son Académie, et que des musiciens, comme Claudin de Sermisy, avaient entrepris de convertir la langue française aux dactyles et aux spondées. La réalité est probablement beaucoup plus simple : on entend les mêmes rythmes dans les chansons italiennes que l'on composait dès le XVe siècle. La danse d'Orphée, c'est une *frottola*, rien de plus. Isabelle d'Este chantait déjà ainsi celles de Tromboncino...

Outre le personnage obligé du chœur qui assiste en spectateur au drame de la vie des hommes et le commente, s'exclame, s'indigne, prie, moralise, il y en a un autre qui paraît aussi inévitable dans cette vieille tragédie grecque et latine qu'adoraient les humanistes florentins, et Striggio père et fils. Sans doute, dans ces vieilles civilisations où l'espace et le temps se mesuraient encore à une échelle d'homme, était-il familier. Nous l'avons oublié depuis que nous sommes à tout instant à portée de n'importe quoi et que les nouvelles nous arrivent à l'aide d'une machine.

Ce personnage indispensable s'appelle le Messager. Aucune tragédie antique ne peut se passer de lui : ni Eschyle, ni Sophocle, ni Euripide, ni Sénèque. Il arrive de manière imprévisible, mais il arrive toujours. Il est anonyme : il s'appelle le Messager, rien d'autre. Il est le porteur du Destin, celui qui va bouleverser le cours des choses. Κατα-στροφὴ : ce que nous traduisons par *catastrophe*, en grec cela signifie le renversement, le retournement, le chamboulement, ce qui fait que rien ne pourra plus être comme avant parce que le droit fil des choses ordinaires a été cassé. Le Messager entre et aussitôt le Destin se met en marche ; ou plus exactement il fait savoir à Électre, à Thésée, à Clytemnestre que le Destin a *déjà* fait son œuvre, que tout est réglé, et qu'il n'y a plus rien à faire qu'à gémir. « Étéocle, vaillant roi des Cadméens, j'arrive de là-bas et je t'apporte des nouvelles, car j'ai vu les choses de mes propres yeux… »

Le Messager, c'est *celui qui sait déjà*. Il est le seul à être hors du temps, puisqu'il est l'intermédiaire entre ce qui a eu lieu et les hommes qui vont savoir. Il ne connaît pas d'autre temps que celui du voyage, comme le coureur des Thermopyles, qui tomba mort, justement, d'avoir couru trop vite.

Parfois, le Messager ne se contente pas de transmettre les mots du Destin et d'annoncer le malheur dont il a la charge : il s'identifie au malheur, il est lui-même le malheur. Le désastre qu'il annonce retombe sur lui et le recouvre. Sa personne devient elle-même néfaste, alors qu'il n'est qu'un témoin. Il raconte, et l'odeur du meurtre, les effluves du deuil, magiquement, le pénètrent. Alors, il ne lui reste plus qu'à se maudire lui-même, à gémir sur son propre destin, à ressasser ce qu'il a ruminé tout au long de la route : « Ô sort amer et dur, pourquoi m'appelles-tu à être le messager d'un si terrible malheur ? Ma langue se refuse à ces paroles de deuil… »

C'est ainsi que se présente la triste Nymphe qui paraît au milieu de l'acte II.

Ce n'est pourtant qu'une jeune fille, l'une des amies d'Eurydice, « du même âge », comme dirait Virgile. Il y a un instant, elle cueillait des fleurs avec elle. Rien ne devrait la distinguer des autres : ni sa tunique, ni la couronne qu'elle s'est tressée, ni sa voix. Mais rien n'y fait : elle a trois mille ans de tragédie derrière elle ; il y a trois mille ans que le malheur l'a désignée pour être *la* Messaggiera. Elle ne peut plus avoir la voix claire d'une jeune fille innocente, pas plus qu'une tunique blanche; et les metteurs en scène s'acharnent pourtant à l'affubler d'une cape noire et les chefs d'orchestre d'une voix épaisse et grave.

Nous apprendrons par l'un des bergers qu'elle a un nom : elle s'appelle Silvia; mais sur la partition elle ne porte que celui qu'Euripide et Sénèque lui ont attribué, Messaggiera. C'est le sien depuis trop longtemps. Elle est tout imbibée de malheur et, comme va le lui faire dire Striggio, et Monteverdi chanter avec des larmes sèches dans sa voix, *odiosa ai Pastori e a le Ninfe, odiosa a me stessa, ove m'ascondo?* (Odieuse aux bergers et aux nymphes, odieuse à moi-même, où vais-je me cacher?)

Entre les derniers mots jubilants d'Orphée, *sol per te, bella Euridice*, dont l'exubérance et la virtuosité doivent, au sens propre, fasciner l'auditoire des Pastori autour de lui, et l'apparition inattendue et bouleversante de la Messaggiera, Monteverdi a ménagé un petit redoux, juste ce qu'il faut pour qu'on puisse reprendre sa respiration. Mais il serait par trop réducteur de n'y voir qu'une habileté du librettiste et du musicien, destinée seulement à aménager le contraste.

CD 1, 9, 3'41

L'intervention si courte et légère du Pastore I a ici pour fonction de nous remettre dans la vraie perspective. La jubilation d'Orphée a quelque chose de trop fort, de trop violent. Elle est fascinante, oui, mais avec excès. Orphée, qu'on avait vu à l'acte premier méditatif et religieux, s'est laissé emporter par ce que les Grecs appellent l'*hubris* : l'excès. Cet aimable Pastore, nous le connaissons, Monteverdi nous l'a peint : expansif et sentimental. C'est un bon disciple d'Orphée. Il est éperdu d'admiration devant l'art de son maître. Il en redemande. Mais surtout, pendant qu'Orphée chantait, il a vu la nature en train de s'épanouir et de s'illuminer. Tout brillait, comme si le soleil répondait à Orphée. Cela redouble l'émerveillement du Pastore. Mais n'étions-nous pas en train d'oublier qu'en effet, Orphée est fils d'Apollon, fils du Soleil, que sa lyre est « d'or », ce qui veut dire qu'elle ne lui appartient pas en propre, qu'elle est céleste : et que c'est par elle, divine, par cette moitié-là du demi-dieu, et non par son autre moitié, humaine, qu'Orphée est tout puissant sur les cœurs, les arbres, qu'il apprivoise les bêtes fauves et fait sangloter les rochers ? Il était urgent de nous le rappeler, avant que n'entre la Messaggiera. L'aimable Pastore nous y oblige :

Mira, deh! mira Orfeo, che d'ogni intorno
Ride il bosco e ride il prato,
Segui pur col plettr' aurato
D'addolcir l'aria in si beato giorno

Vois, oh! vois, Orphée, comme tout autour
Rit le bosquet et rit le pré!
Continue, avec ton plectre d'or
À rendre plus doux l'air d'un jour si heureux!

Un plectre, c'est cette petite lame avec laquelle on fait résonner les cordes d'une mandoline, d'un banjo, ou d'une lyre. Celui d'Orphée est d'or, céleste donc, et c'est pour cela que la nature rit et que l'air s'adoucit.

Le Pastore a rempli son office, qui était de ramener cette douceur. Il l'a fait à sa manière, un peu simplette et naïve, c'est-à-dire en *do* majeur. Rien n'est innocent, chez Monteverdi, même cette manière d'exprimer la candeur.

CD 1, 10

Et tout à coup, ce *do* lui-même, ce *do* ingénu *se retourne* (*kata-strephei*, en grec), se tord sur lui-même et devient *do* dièse, en projetant avec violence un terrifiant accord de sixte de *la* majeur.

Je dis « terrifiant », dans ce contexte de *do* majeur, bien entendu. En musique, tout est relatif et dépend de l'environnement sonore dans lequel se produit ce qu'on entend : c'est-à-dire, puisqu'elle est l'art du temps qui passe, *ce qu'on vient d'entendre*. Un accord de sixte, ce n'est rien en soi : tout dépend de la manière dont il arrive. Une tache de rouge sur un tableau, ce n'est rien non plus : mais si ce vermillon éclate dans une paisible tonalité de verts tendres et de blonds frais, cette simple touche peut acquérir une violence qui fait peur. La note de la basse, ce *do* dièse qui claque de toute la force des théorbes et des chitarroni sur le paisible *do* majeur dont on sort, oui : elle fait peur.

Et encore davantage le cri *(Ahi!)* de la Messaggiera, lancé à contretemps, ce *mi* aigu qu'elle projette dans l'air comme une chouette blessée.

Elle va le répéter quatre fois, ponctuant ses exclamations, qu'il faut lire en italien pour bien les entendre. (Il faut avoir été en Italie, dans un village, quand quelqu'un meurt, ou quand quelqu'un part, pour savoir ce que c'est que des exclamations et des lamentations.)

Ahi! Caso acerbo!
Ahi! Fat' empio e crudele!
Ahi! Stell' injuriose!
Ahi! Ciel avaro!

D'ailleurs, comment traduire ? Quand Molière, cent soixante-dix ans plus tard, écrira *Psyché*, et qu'il voudra une scène de déploration sur la mort de la pauvre belle, il laissera Lully la composer en italien, avec des mots à peu près semblables : en français, tout Molière qu'il était, il ne pouvait rien inventer qui soit suffisamment *lamentabile*.

Quelle peut être dans notre langue l'exclamation la plus grinçante, pour traduire *Ahi* ? Nous en avons fait un petit cri de douleur sans conséquence quand on se pince le doigt. La suite, d'ailleurs, serait si faible elle aussi que le mieux est de traduire si littéralement que le lecteur mesure cette infirmité et invente pour son propre compte :

Ahi ! Coup acerbe !
Ahi ! Destin impie et cruel !
Ahi ! Étoiles injustes !
Ahi ! Ciel barbare !

Il n'y a pas cinq minutes, les Pastori s'exclamaient sur la douceur de ce ciel, maintenant barbare. Il s'agissait, bien entendu, du ciel sous toutes ses formes : sa tiédeur exquise, mais plus encore les bienfaits répandus par le *spiritus* des astres favorables : ce ciel était aussi néoplatonicien qu'il était printanier. Les étoiles étaient bénéfiques et tutélaires. Le Destin était favorable : « Orphée qui autrefois buvait ses larmes, aujourd'hui si heureux... »

C'est bien un *retournement*. La brutalité de la musique le veut ainsi.

Mais ces mots italiens ont aussi un son. Pendant tout le début de l'acte II, lorsqu'on baignait dans la pastorale, on n'a entendu que de doux ou vifs quatrains aux rimes embrassées et aux mots bien rangés : lorsque la Messaggiera ouvre la bouche, Striggio cesse de compter les syllabes, car nous entrions dans la tragédie. L'émotion engendre son propre rythme et il n'est plus possible de compter sur ses doigts ni de se laisser bercer par le rythme des syllabes.

Au contraire. Si l'on récite (*recitar* : prononcer avec le ton que supposent les mots, en en jouant dramatiquement) on découvre, par la seule diction, les lignes ascendantes et descendantes, le débit, la précipitation ou le ralentissement des mots de la langue italienne : et on s'aperçoit aussitôt que la musique écrite sur eux par Monteverdi calque et renforce chacun de ces mouvements de la manière la plus précise et la plus efficace.

Le rapport du texte poétique et de la musique est devenu ce qu'exigeait la théorie élaborée à la *camerata* Bardi. Nous appelons cela « récitatif » : mais ce mot est trompeur à cause de l'évolution ultérieure de l'opéra. Il faut le prendre dans son sens original et plein : *recitativo*, ce qui signifie, effectivement, *déclamation*.

Après les mots, puis le son des mots, il faut parler des notes : et c'est bien ce qu'il y a de plus difficile, dans un livre. On ne peut que commenter, tourner autour des phrases musicales, redire ce que l'auditeur a parfaitement entendu, et le faire dans un langage à ce point plus lent, plus pesant et insistant qu'on a un peu honte. La seule excuse que puisse se donner celui qui écrit sur la musique, ce serait d'apporter à son lecteur patient quelques raisons supplémentaires d'admirer ce qui vient de l'émouvoir.

Ce que Monteverdi vient de nous faire entendre, et surtout ce qu'il nous réserve dans les minutes qui viennent est stupéfiant : de génie, de science, et de simplicité. Il y a une surprise à chaque mesure, qu'il faudrait d'ailleurs écouter avec des oreilles vierges, qui n'auraient déjà été étonnées que par les madrigaux du *IV*[e] et du *V*[e] *Livre*.

Caso acerbo ! Le *sol* dièse de *acerbo* vient se cogner au *la* de la basse. Le *ré* du second *Ahi !* fracasse le *mi* de l'accord, tandis que le *si* dissone lui-même sur le *la* de la basse resté en suspens. L'*injuriose stelle* percute son *do* sur un *ré*. Et ainsi de suite.

Mais ces chocs harmoniques ne sont pas ce qu'il y a de plus important. Faire des dissonances, finalement, c'est facile. Trop facile, même : on va d'ailleurs en abuser bientôt quand la musique se sera engouffrée dans le portail que Monteverdi est en train de lui ouvrir et se précipitera dans ce que nous appelons « le Baroque ». Alors tant de reines abandonnées, d'héroïnes délaissées et d'amants trahis déploieront leur *lamento* dans le but bien précis de laisser traîner leurs dissonances. Ce qui au contraire est stupéfiant ici, et admirable, c'est que jamais, pas un instant, les imbrications d'accords dont la Messaggiera puis Orphée vont nous déchirer, ne nous donneront une sensation de recherche, de fabrication, ce qu'on appelle des « effets ». Ce qu'ils vont chanter et qui va nous bouleverser semble, à un technicien de l'harmonie, une succession inextricable de tonalités incohérentes, audacieuses, difficiles, en termes d'analyse : et à l'auditeur, une évidence. Il est ému, mais pas choqué, même pas étonné. Monteverdi ne fait que dérouler une sorte de Protée harmonique, changeant de face à chaque mot (mais parce que le mot l'exige) et créant une constante instabilité sonore, troublante, inquiétante, émouvante – et jamais larmoyante.

Striggio, d'ailleurs, n'est pas en reste.

Ce qu'il construit n'est pas ce qu'au théâtre on appelle une « scène » : c'est un tableau avec des personnages, chacun à sa place, et dont le visage et son expression particulière se reconnaissent aussitôt qu'ils ouvrent la bouche.

Il y a d'ailleurs à peu près les mêmes sur le tableau de Poussin : un petit groupe, assis dans l'herbe. Tout le monde écoute Orphée. À trois pas de là, Eurydice pousse un cri : personne ne bronche.

Chez Monteverdi, la Messaggiera, dont nous ne savons pas encore qu'elle se nomme Silvia, lance son cri : «*Ahi!*» Un Pastore murmure :

CD 1, 10, 0'30

Qual suon dolente il lieto dí perturba?

Quel triste son dérange ce jour heureux?

Personne ne tourne la tête.

Les gens heureux n'aiment pas être dérangés.

Quatre fois, la Messaggiera va devoir intervenir, avant que les Pastori prennent conscience de ce qui se passe.

Comme le pêcheur à la ligne de Poussin, l'un d'eux va tout de même se retourner, et la reconnaître :

CD 1, 10, 1'14

C'est l'aimable Silvia
La très douce compagne
De la belle Eurydice.

Il chante cela dans un paisible *do* majeur. Après l'imbroglio de tonalités que nous venons d'entendre, comment mieux faire sentir qu'« il n'y a pire sourd... » Monteverdi est le plus grand manipulateur de tonalités qui soit.

Pourtant, au bout de sa phrase, le Pastore se trouble : un *fa* dièse contre le *mi*, puis un *la* contre un *sol*. Sa voix, en conséquence, s'altère :

O quanto è in vista
Dolorosa… Or che fia?

Oh ! comme elle semble
douloureuse… Que se passe-t-il ?

Silvia reprend :

Bergers, laissez là vos chants…

Elle n'a encore rien dit. Elle n'a pas prononcé le nom d'Eurydice : c'est le Pastore qui l'a reconnue comme étant « compagne d'Eurydice ». Cela suffit à Orphée.

CD 1, 10, 2'45

Comment, en musique, exprimer un pressentiment ? Comment traduire l'angoisse qui naît d'une question qu'on ne pose pas, qu'on se pose sans vouloir la poser, parce qu'on ne voudrait pas qu'on y réponde ? Orphée ne la pose pas et en pose trois autres :

Donde vieni ? Ove vai ? Ninfa che porti ?

D'où viens-tu ? Où vas-tu ? Nymphe, qu'annonces-tu ?

Ce qui en trois vagues successives, signifie, sans le dire :

Étais-tu là-bas avec Eurydice ?
Est-ce moi, Orphée, que tu cherches ?
Pourquoi as-tu l'air si angoissé ?

Et Monteverdi d'aménager sur ces trois questions une progression, toujours avec la même simplicité de moyens : il suffit de monter d'un ton sur chacune d'elles. Mais elles ont leur propre rythme : c'est lui, plus que l'harmonie, qui augmente d'intensité. La première est inquiète; la seconde, angoissée; et la troisième n'est plus une question, mais une supplication, et c'est sur *Ninfa* que Monteverdi s'arrête et fait durer le temps : car une supplication s'adresse à la personne qui parle, et non à ce qu'elle dit, ou qu'elle va dire.

Silvia ne peut pas répondre. Elle tourne autour des mots, comme Orphée autour de sa question (« Ma langue se refuse », disait déjà, seize siècles auparavant, le Messager de Sénèque, quand il croisait le regard de Thésée...). Deux fois, elle hésite. Elle murmure le nom :

La tua bella Euridice...

Orphée la coupe :

Ohimé! che odo...

Elle fait une dernière périphrase, pour gagner deux secondes :

La tua diletta sposa...

Et sur la partition, Monteverdi note encore un silence, avant de la faire plonger, dans le plus grave de sa voix :

... e morta.

Mais Orphée savait déjà. Il ne peut plus que laisser aller un long soupir, *Ohimé*, en *ré* majeur, comme le veut l'arrivée de la certitude, mais en dissonant, comme le veut sa douleur. Puis il se tait.

Il va se taire durant tout ce qui va suivre.

*

Décrire avec des mots cette entrée de la Messaggiera et ce qui se passe en quelques répliques échangées dans la surprise, c'est une chose ; commenter ce qui vient ensuite, le récit qu'elle va faire de la mort d'Eurydice, c'en est une autre.

L'idée qu'un dialogue dramatique puisse précéder la narration, c'était une géniale invention de Striggio dont, sept ans auparavant, ni Rinuccini ni Peri n'avaient eu la pensée : Silvia entrait, surprenait, racontait aussitôt et l'on ne gémissait qu'après.

Oserai-je dire que ce *renversement*, au sens que la tragédie grecque donne à ce mot, fait de cette scène capitale le révélateur du passage entre deux moments de la sensibilité ? Je ne crois pas exagérer. Il y a des œuvres d'art, et même des fragments d'œuvre, qui indiquent dans un tableau, en un détail, dans une touche, qu'on est sorti d'un monde et qu'on entre (qu'on va entrer) dans un autre. Le doigt du Christ dans *La Conversion de saint Mathieu*, le regard de *La Vierge des Pèlerins* du Caravage tournent la page d'un siècle. L'entrée de la Messaggiera aussi.

Au seuil de ce qui est en train de devenir le monde baroque, ce qu'il fallait, c'était installer l'émotion *avant* de dire les choses. Cela ne s'était jamais fait. Désormais ce sera la règle. L'émotion ne sera plus une conséquence de ce qui se passe ou de ce qui a eu lieu. Elle vaut par elle-même, et pour elle-même. Bientôt, la musique, la

Bernardo Strozzi,
Portrait de
Claudio Monteverdi,
vers 1640.
Innsbruck, Tiroler
Landesmuseum.

Pierre-Paul Rubens,
Portrait de
Vincenzo Gonzaga
(détail).
Mantoue,
Palais ducal.

Lorenzo Costa, *Le règne de Comus.*
Paris, Musée du Louvre.

Andrea Mantegna, *Le Parnasse.*
Paris, Musée du Louvre.

Tiziano Vecellio, dit le Titien, *L'Amour sacré et l'Amour profane.*
Rome, Galerie Borghese.

Tiziano Vecellio, dit le Titien, *L'Éducation de l'Amour.*
Rome, Galerie Borghese.

Tiziano Vecellio, dit le Titien, *Le Concert champêtre.*
Paris, Musée du Louvre.

Lorenzo Costa, *Allégorie à la cour d'Isabelle d'Este* ou *La cour des Muses.*
Paris, Musée du Louvre.

1

1. Trombone à coulisse, George Ehe, Nuremberg, 1619.

2. Régale bible, anonyme, Allemagne, XVIe siècle.

3. Cistre, Giovanni Salvatori, Italie, XVIe siècle.

4. Cornets à bouquin, soprano, ténor, anonymes, Italie XVIIe siècle ; alto et basse, anonymes, Italie, XVIe siècle.

2

3

4

poésie, le théâtre, auront pour fonction d'inventer des situations dans le seul but d'émouvoir, d'apitoyer, de chavirer les cœurs et de faire, comme vient de le dire Striggio, qu'on « s'abreuve de larmes ». Il faudra « soupirer » : Striggio a fait répéter le mot trois fois de suite, dès l'acte premier, à Orphée. On croyait que l'amour était synonyme de bonheur : désormais, aimer sera d'abord *sospirar*.

Cinquante ans de madrigaux, bien avant ceux de Monteverdi, avaient mis la musique en demeure de transcrire l'émotion par les sons. Ce n'était pas le but qu'elle s'était proposé durant des siècles. Il avait fallu démolir patiemment l'idéal d'harmonie intérieure qu'avait construit le monde médiéval quand il avait inventé la polyphonie, et que les néoplatoniciens avaient conforté. La musique n'avait eu pendant des siècles d'autre raison d'être que de transcrire dans les sons émis par les hommes cette harmonie divine, cosmique, à laquelle ils croyaient. Insensiblement, durant les cinquante ans qui précèdent l'*Orfeo*, les musiciens avaient conduit les voix à insinuer au sein de leurs structures les *dérèglements* qui naissent de l'émotion : et ils avaient, dans ce but, *déréglé* les mouvements qui ordonnent le chant.

L'émotion étant désormais la maîtresse, il fallait, pour que ce soit clair, qu'on la fasse parler d'abord. C'est ce que Striggio a imaginé. Par bonheur, Monteverdi non seulement lui a emboîté le pas, mais a apporté, en l'amplifiant par sa musique, la démonstration de la légitimité de ce *retournement*.

Il n'est pas exagéré de dire que l'*Orfeo* est un tournant dans l'histoire de la musique, cela on le sait ; mais que, pour suivre Romain Rolland, c'est un tournant « dans la pensée ».

Le récit de la Messaggiera qui va suivre n'est plus par conséquent que le développement par la narration de toutes les exclamations qui l'ont précédé, dans sa bouche et dans celle d'Orphée.

Silvia rentre à ce moment dans la fonction immémoriale qui est la sienne : mais aucun Messager de la tragédie antique n'avait commencé comme Striggio l'a voulu, et comme Monteverdi l'a fait, par un tel dialogue.

*

CD 1, 11

In un fiorito prato
Con l'altre sue compagne
Giva cogliendo fiori
Per farne una ghirlanda a le sue chiome...

Dans un pré fleuri
Avec ses autres compagnes
Elle allait, cueillant des fleurs
Pour en faire une guirlande à ses cheveux...

Elle commence lentement, dans le milieu de sa voix, mal à l'aise, sur la longue et plane tenue de la basse immobile, s'agite à peine lors de la morsure du serpent *(le punse il pié)*, pâlit en *sol* mineur avec le visage d'Eurydice.

La césure se situe à la seconde où le récit proprement dit fait apparaître l'émotion :

CD 1, 11, 1'11

Alhor noi tutte sbigottite e meste

Alors, toutes troublées et tristes

avec une modulation mineure inattendue *(meste)*, et plus loin, *Ahi lassa*, une chute désolée sur un *fa* dièse qui va servir à rendre plus éploré encore ce qui va suivre, pour peindre le *languidi lumi*, les yeux déjà absents et vides d'Eurydice mourante : la voix de Silvia fait le tour de la note, descend au *mi* et pour glisser sur un *fa*, *naturel* cette fois, qui est plutôt un évanouissement, une pâmoison, un presque dernier souffle. Puis le dernier appel, que Silvia mime, refait devant nous, s'identifiant complètement à Eurydice : c'est une invention de Monteverdi, car Striggio avait écrit seulement «et l'appelant : Orphée!», comme on fait dans un récit, tandis qu'il redouble le nom d'Orphée, en fait un cri, que Silvia pousse, comme si c'était elle; et l'émotion qui nous vient en écoutant cette page tient précisément à l'identification du personnage à son récit. Le déroulement du chant est si juste, si précis, si exactement accordé à tous les détails et du texte et de l'émotion incluse dans le texte, que nous *voyons* le personnage à mesure que nous l'entendons. Silvia n'est plus une *messaggiera* seulement; elle ne se réduit plus à une fonction, elle est une personne vivante. Et une personne vivante qui pleure nous fait nécessairement pleurer.

Lorsqu'elle se tait, on la voit encore : ce qu'elle chante nous montre son mouvement lui-même. De son *si* bémol et du *grave sospiro*, elle s'affaisse lentement, repliée sur elle-même (je veux dire sur sa pensée, sur sa douleur, autant que sur son propre corps). Ses bras étendus (*in queste braccia* : ses bras, qu'elle monte, ceux mêmes où Eurydice a posé sa tête pour mourir), au ras du sol, la tête sur les cailloux, et sur ce même *ré*, sans doute, que celui du dernier soupir.

L'incroyable pouvoir de la musique de Monteverdi ne viendrait-il pas de ce qu'elle est, proprement, *physique*?

*

Orphée se tait : tous les regards sont tournés vers lui, et il ne bouge pas, muré en lui-même, dans son silence intérieur.

CD 1, 11, 2'50

C'est alors qu'éclate, poussée à tue-tête, la clameur du Pastore I. Nous le connaissons : toute émotion lui est bonne. Cette fois-ci, il déborde. Comme il n'a pas le temps de penser, il n'a d'autres mots à crier que ceux de Silvia *(Ahi! caso acerbo!)* qu'il répète, avec même ses notes ; et l'étonnant est bien que ce qui, dans sa bouche à elle, lorsqu'elle est entrée, avait une si terrible force paraît maintenant, si touchant qu'il soit, une sorte de criaillerie inutile.

Le Pastore III commente à son tour, mais à sa manière, en descendant et en remontant tous les degrés de sa voix, dans une pathétique incertitude modale. Puis son compagnon, qui a repris ses esprits, racole tout ce que son imagination peut lui inspirer de plus terrible en l'espace de dix mesures : les tigres, les ours, la pitié, sur une longue tenue de basse figée d'horreur.

Nous sommes, avec les Pastori, au premier degré de l'émotion : symétrique de celle qu'exprimait, on s'en souvient, le Pastore I quand il invitait Orphée à chanter.

*

Non seulement Orphée se tait tout au long de cette scène mais Monteverdi, comme il l'a fait déjà au premier acte, transcrit à nouveau musicalement son silence. Après la dernière note du Pastore, il a fait partir (en *sol* mineur, bien entendu : la tonalité d'Orphée) l'orgue de bois et un chitarrone. Il faudra attendre deux longues mesures avant qu'il n'ouvre la bouche, à contre-temps.

CD 1, 12

Tu se' morta, mia vita,
Ed io respiro ?
Tu se' da mi partite
Per mai più non tornare, ed io rimango ?

Tu es morte, ma vie,
Et je respire ?
Tu m'as quitté
Pour ne plus retourner, et je demeure ?

Cela, c'est ce que Striggio a écrit. Ce que Monteverdi met en musique, c'est autre chose, et il n'y a pas même besoin de savoir son solfège, non seulement pour entendre la différence, et pour imaginer la nécessaire progression musicale imposée par la lecture que fait le compositeur du texte qui est donné :

Tu se' morta – se' morta, mia vita – ed io respiro ?
Tu se' da mi partita – se' da mi partita per mai più, mai più non tornare ed io rimango ? No ! No !

Les impulsions du sentiment exprimé par la musique l'emportent sur celles du texte poétique. La musique s'arroge le droit de modifier l'énoncé, de répéter les mots, de briser le rythme des vers, parce que c'est le musicien et non plus le poète qui est le maître. *Poesia ancilla musicae.* C'est le renversement du rapport qu'avaient établi les néoplatoniciens, et que respectaient encore ensemble Rinuccini et Peri.

La phrase chantée par Orphée se coupe où le veut son émotion, et non plus où s'arrête le vers : elle fait plus encore, elle monte d'une seule haleine pour culminer sur le refus d'Orphée, et sur la proclamation de sa décision.

Parvenue là, elle redescend directement jusqu'aux Enfers :

N'andro sicuro a' più profondi abissi…

Je descendrai sans crainte aux plus profonds abîmes.

Mais peut-être ai-je été trop vite, en parlant du rapport de la poésie et de la musique. Striggio et Monteverdi sont plus amicalement complices : le texte n'est pas aussi prétexte qu'on pourrait le croire. Il y a des moments où l'émotion (et donc la musique) impose sa loi, son rythme, son élan, son mouvement. La musique ne peut rien pourtant sans la poésie : et Orphée est le maître de l'une et de l'autre ; il vient de dire, d'ailleurs, « si mes vers ont quelque pouvoir » en parlant de son chant.

À peine Striggio a-t-il évoqué les « profonds abîmes » et Monteverdi les a-t-il dessinés en faisant descendre la voix d'Orphée aussi bas qu'elle le pouvait, que la poésie reprend tous ses droits ; et le poète va faire appel à ce qui, en fait de mots, pouvait le plus immédiatement et directement toucher les auditeurs, à Mantoue. Puisqu'il s'agit des Enfers, il appelle Dante à la rescousse, et cite, textuellement, les derniers mots de *L'Enfer*, en sachant bien que chacun va les reconnaître par cœur :

CD 1, 12, 1'24

Meco trarrotti a riveder le stelle

Je t'entraînerai revoir les étoiles

Monteverdi comprend à demi-mot, et on s'émerveille à nouveau de leur connivence. Sur ce texte immémorial, mythique et religieux, il fait sortir Orphée de son *sol* mineur pour lui faire entonner une espèce de mélodie grégorienne, dans le *ton de ré*, comme on en chantait au temps de Dante et même encore du temps où Marsile Ficin contemplait les étoiles néoplatoniciennes.

Il ne reste plus à Orphée qu'à quitter ce monde-ci, c'est-à-dire la terre, mais aussi, justement, les étoiles, et le soleil, son père :

A dio terra, a dio cielo, e sole, a dio

Il y a une dernière surprise. Le texte de Striggio peut se lire de deux manières.

Ou bien c'est un abandon. La descente aux Enfers est un pari perdu d'avance. Cet adieu a un goût de suicide.

Ou bien c'est le demi-dieu qui va tenter cette incroyable aventure, et il est certain de gagner.

Les deux lectures sont possibles.

C'est la musique qui tranche. Monteverdi fait en sorte que la montée chromatique qu'il écrit sur les mots de l'adieu soient un choix : angoissé, mais mû par un élan d'une telle force que nous comprenons qu'il ne s'agit pas d'un abandon.

*

CD 1, 13

Le chœur reprend alors sa fonction millénaire de déploration (« Ô noire et fatale imprécation d'Œdipe, un froid cruel enveloppe mon cœur, j'entonne un chant funèbre… », Eschyle, *Les Sept contre Thèbes*) : c'est ce qu'attendaient les Académiciens. Admirons encore une fois comment, tout en répondant à l'attente précise des plus conventionnels de leurs auditeurs, Striggio et Monteverdi ont le génie de ne tomber dans aucun des pièges que tend à tout artiste le souci légitime « d'être de son temps ».

Ici, être « de son temps », c'est faire de la tragédie grecque. Ils entrent donc très naturellement dans ce moule, et Monteverdi compose un ample chœur, d'abord très sobre, sur les mots, répétés pour la troisième fois, de la Messaggiera, avec toutefois ici la touche d'hiératisme qu'impose ce moment de la tragédie : il reprend les mots, presque les notes, mais pas tout à fait car une foule anonyme, même émue, même bouleversée, ne peut pas avoir les inflexions d'une âme seule, responsable du message tragique. Il ne faudrait pas croire que Monteverdi, habile et prudent, simplifie l'harmonie et les inflexions de la Messaggiera lorsqu'il les confie à un chœur : ce serait une explication réductrice et insuffisante. La foule est à la fois plus violente et moins personnellement expressive que la Messaggiera blessée : c'est clair, et c'est vrai ainsi.

Mais elle peut aussi avoir une forme de lyrisme que la Messaggiera n'avait pas : ce qui apparaît dans la seconde partie du chœur, quand son discours se fait, comme le veut la tradition antique, un peu moralisateur et emphatique :

> Qu'aucun mortel ne se fie
> Au bonheur fugace et frêle
> Qui tôt s'enfuit : souvent
> Le grand saut est proche du sommet.

CD 1, 13, 1'13

Mais Striggio et Monteverdi (ensemble) vont aussitôt avoir une initiative que l'Antiquité grecque n'avait pas eue : le retour du Messager, sa déploration sur lui-même, sur son âme, sur son destin personnel. Le Messager d'Euripide ou de Sénèque pouvait se reconnaître maudit et haï ; mais pas dans les termes de ce retour sur soi pathétique : et il faut bien dire, une fois encore, que c'est la musique de Monteverdi qui, au-delà des mots de Striggio, lui donne ici sa dimension. *Nottola infausta* (chouette funeste), « odieuse aux bergers et aux nymphes », certes ; mais « odieuse à moi-même », inconsolable à jamais, d'avoir été l'instrument du Destin.

CD 1, 13, 2'23

Et elle s'éloigne, pas à pas (chaque pas s'entend : *mi, fa* dièse, *sol, la, si, do* dièse, *ré*) dans une étrange marche que l'auditeur ne peut pas ne pas imaginer *à reculons*, semblable à une sorte de Madeleine repentante, à jamais blessée dans son âme. Cette femme, que tant de tableaux et d'oratorios nous montrent se retirant dans je ne sais quelle grotte de la Sainte-Baume ou d'ailleurs, pour expier, fut probablement, de toutes les images de femme imaginées au XVIIe siècle, l'une de celles qui a le plus intensément touché peintres et musiciens, qu'ils se nomment Georges de La Tour, Fettí, Le Greco ou Philippe de Champaigne. Silvia et la Madeleine, mises côte à côte à cet instant, sont jumelles : comme l'Arianna que mettra en musique Monteverdi un an plus tard, et dont il pourra, sans changer une note, transposer le chant en un *lamento* de la Vierge au pied de la croix.

CD 1, 13, 2'46

Le sentiment du pathétique et l'expression du religieux sont, à cette époque, plus proches qu'on ne le pense : et la *sinfonia* presque mystique qui suit la disparition de la Messaggiera est là pour nous le confirmer.

Toute la fin de cet acte ne sera plus d'ailleurs qu'une longue lamentation des Pastori et des Ninfe, coupée de reprises du chœur dramatique, en une lente descente crépusculaire.

Acte III

Pour un Italien, en 1600, s'il a un brin de culture générale, ce qui est le cas d'un membre de l'Accademia dei Invaghiti, entendre prononcer le mot Enfer doit entraîner nécessairement dans son esprit ce qu'on appelle une association automatique. À peine résonne-t-il à son oreille que déjà ronronne dans sa mémoire :

Nel mezzo del camin di nostra vita…

Car l'Enfer, c'est Dante, évidemment. Ce petit déclic inévitable, même Orphée l'a ressenti, à l'acte II, après l'annonce de la mort d'Eurydice. Il a suffi qu'il pense « je descendrai dans les profonds abîmes de l'Enfer, je parlerai au roi de l'Ombre », pour que l'image se présente, et avec elle le dernier vers de l'*Enfer*, de Dante ; et il chante :

Meco trarrotti a riveder le stelle

Je t'entraînerai revoir avec moi les étoiles…

Pour cet Italien au XVIe ou du XVIIe siècle, l'Enfer est donc là, tout entier présent à l'œil intérieur de sa mémoire, avec les mots, leurs sons et leurs images, et les adjectifs inévitables et comme rituels de la *città dolente*, « la ville qui pleure », et les pauvres êtres qu'*Amor condusse ad una morte*, et Francesca, et Ugolino et tous les autres. Le chemin qui mène à l'Enfer, il le connaît pour ainsi dire par cœur. La porte, il la voit, il en sait tous les détails, la dure pierre noire avec, gravés au-dessus du seuil, les terribles mots, *parole di colore oscuro :*

Lasciate ogni speranza, voi ch'entrate

Laissez toute espérance, vous qui entrez...

Mais un homme du XVIIe siècle possède en outre cette faculté dont nous avons déjà parlé, qui n'a cessé de décroître en nos esprits depuis que les Lumières ont entrepris de la discréditer : celle de s'exprimer par l'allégorie. Il faut y revenir un instant, tant le personnage qui va apparaître est important. Nous avons presque perdu le pouvoir de faire spontanément, simplement, directement, d'une idée, d'une notion, d'un concept, un être de chair, de sang, qui vit, parle, agit, rit, pleure, chante. On savait cela au XVIIe siècle, un peu moins en France où l'on commençait déjà à se méfier de ce qui n'était pas la Raison ; mais on le savait très bien encore en Italie. C'est pourquoi nous nous trompons très gravement, lorsque nous ne prenons pas au sérieux des personnages qui ont pour nom Virtù, Fortuna, Natura, Destino, et Musica, et même Amore, et qui parlent au théâtre et qui chantent à l'opéra comme s'ils étaient vivants. Vivants, ils le sont. Leurs attributs ne sont pas seulement comme nous croyons des symboles, c'est-à-dire des sortes d'étiquettes pour qu'on les reconnaisse, des pense-bête, des aide-mémoire : ce sont des moments de leur vie, qu'ils traînent avec eux. Ils sont des êtres et la fonction de l'art est justement de les faire vivre. Que l'Amour brandisse un arc et un carquois, qu'il ait un bandeau sur les yeux, ce ne sont pas des conventions, du moins pas seulement. Ce sont les éléments d'une histoire, et d'une histoire vraie : le travail de l'artiste est de nous la raconter. Lorsque le Titien nous montre deux amours jumeaux, l'un dont Vénus couronnée d'or bande les yeux tandis qu'il se détourne dans une attitude délicieusement enfantine ; et l'autre qui se penche sur son épaule avec l'expression étrange d'un enfant grave qui réfléchit ; qu'elle se tourne vers lui avec sur son visage cette inquiétude, cette incertitude anxieuse : nous devons regarder le tableau non comme cette abstraction que nous appelons, dédaigneusement, allégorie, mais comme la représentation d'une histoire en train de se dérouler sous nos yeux, dont nous sommes les témoins. Que par ailleurs, cette histoire ait à être déchiffrée, qu'elle nous parle de l'amour aveugle et de l'amour réfléchi, de l'*amor terrestris* et de l'*amor spiritualis*, c'est autre chose : cela n'empêche pas qu'elle soit vivante et vraie. Le Titien, avec génie, a fait tout ce qu'il pouvait pour la rendre telle et la justesse, la spontanéité des mouvements, des attitudes, des expressions, peuvent nous convaincre qu'elle l'est, si nous voulons bien un instant abandonner ce qui nous reste de positivisme niais et de rationalisme borné. Mais le XVIIIe siècle, et encore plus le XIXe, ont à ce point discrédité l'allégorie (comme d'ailleurs la métaphore, comme l'analogie, comme le symbole...) que nous avons perdu la capacité spontanée de déchiffrer les personnages et les scènes. Nous les prenons dans leur apparence ; nous sourions si l'on nous dit que le sens est ailleurs. Nous sommes convaincus que l'art est d'abord *expression* ; nous oublions que d'autres temps ont pensé qu'il devait être avant tout *représentation*, dans tous les sens de ce mot et dans tous ses emplois, ceux du théâtre, bien sûr, *représenter*; mais aussi tous ceux, plus secrets, où ce verbe veut dire *rendre à nouveau présent*, re-présenter.

Striggio est tellement un homme de temps-là, et bon poète de surcroît, que non seulement il *voit* la porte de l'Enfer, mais que les terribles mots cruellement gravés dans le noir granite vont immédiatement sous sa plume se transformer en une personne vivante, en une histoire vraie, en une émotion vécue. Ainsi naît *Speranza*, l'Espérance, qui n'est pas une abstraction mais une femme, émouvante et émue, qui va accompagner Orphée sur le chemin, et puis l'abandonner au moment d'entrer, le livrant à tous les *affetti* de sa peur, de sa solitude et, puisque c'est de cela qu'il s'agit, de son désespoir.

*

Nous voici donc avec Orphée, accompagné de Speranza, après cette longue descente au fond des cavernes, arrivés à la porte des Enfers – ou plus exactement de l'Enfer : ce n'est pas du tout la même chose. Le lieu où se présente Orphée, c'est ce monde souterrain des morts, sur lequel règnent Pluton et Proserpine, avec tous leurs ministres et serviteurs, Cerbère, Charon, Tisiphone, Rhadamante, et les autres. Ce lieu a pour nom *les Enfers, Inferos*. Mais Striggio a tellement son classique en tête, son Orphée guidé par Speranza ressemble si fort à Dante flanqué de Virgile, qu'il se trompe de mot : il écrit *l'Inferno*. Personne, d'ailleurs, n'a jamais songé à le corriger, tant la chose paraissait naturelle. Rien à faire :

depuis Dante, le monde souterrain a changé de nature. On entre bien dans le royaume de Pluton, on est aussi ailleurs, dans un pays qui n'existait pas encore au temps des Grecs et des Romains.

CD 2, 1

Cet Enfer a un son bien particulier. Cela sonne comme une fanfare, mais en noir.

L'*Orfeo*, ne l'oublions jamais, est une musique de cour, ce qui doit s'entendre en bannissant ce que cette expression pourrait induire de futilité et de frivolité. Nous n'entrons pas non plus dans les doux Champs Élysées bercés de flûte par Gluck. Ce qu'il faut projeter sur cette porte de l'Enfer, outre les mots de Dante, ce sont, inversés, la magnificence, l'orgueil, la majesté dont un duc de Mantoue rêve pour lui-même, sa personne et son palais, et dont Rubens a badigeonné le visage de Vincenzo.

La fanfare que nous entendons à l'ouverture de l'acte est une musique royale : Pluton est un roi comme Vincenzo est un duc. Cela se sait, cela se voit, cela doit s'entendre. L'acte III s'ouvre donc avec une musique de cérémonie ou de parade, avec les mêmes instruments cuivrés que pour un sacre ou un triomphe – mais dans l'extrême grave. Celle que Monteverdi écrit ici est somptueuse dans son opacité : sept voix compactes (deux *cornetti* et cinq trombones) confinés dans cet espace sonore réduit, noir à reflets de cuivre rouge. C'est dense comme un mur de granite noir : impossible de passer – d'ailleurs c'est bien ce que cela veut dire. La musique ne cesse de se mouvoir, les lignes instrumentales de se croiser en montant par degrés et en redescendant, remontant, redescendant, tissant leurs mailles : l'éternité fermée.

CD 2, 1, 1'35

On ne sait trop, dans cet admirable dialogue d'Orphée et de Speranza, ce dont il faut s'étonner davantage : une fois de plus Monteverdi nous prend à la gorge.

Orphée, d'abord. Quelle simplicité de moyens pour nous faire entendre simultanément l'angoisse et l'espérance, tout en nous rendant sensible, de manière physique, la descente au long du chemin maléfique semé de mort qui conduit à la porte de l'Enfer... Orphée descend, en effet : des successions d'intervalles mineurs, à la fois glissants et pesants, appuyés sur des *la* bémol et des *mi* bémol, de longues déclivités ton par ton : et après chacune de ces chutes asthéniques, une remontée de quarte ou de quinte, comme repris en main par le désir et l'espérance née du désir.

CD 2, 2

Speranza ensuite, qui lui répond. Quelle étrange divinité... Alors qu'Orphée remontait d'une impulsion chaque fois qu'il s'adressait à elle *(Speranza, Speranza... tu)*, elle est curieusement morne : ce n'est pas ainsi qu'on imaginait l'espérance. En fait, elle est presque aussi angoissée que lui. Elle frémit auant que lui de l'horreur des lieux où elle le mène *(campi di pianto e di dolore...)*

CD 2, 2, 0'45

jusqu'à l'instant où elle s'arrête pour lui montrer la porte où « la loi est écrite avec le fer sur la pierre dure ». Nous ne sommes pas seulement avec Orphée et Speranza, mais avec Dante et Virgile : n'en doutons pas, avant même que n'aient été déchiffrés les terribles mots, il n'est pas un spectateur qui n'ait présents au cœur les vers du chant I de *l'Inferno* :

Ahi quanto a dir qual era è cosa dura
esta selva selvaggia e aspre e forte
che nel pensier rinova la paura!

Ah ! que c'était chose dure que de dire
Cette forêt féroce et âpre et forte
Que d'y penser ranime la peur…

Elle s'arrête et déchiffre pour Orphée l'inscription funeste :

Lasciate ogni speranza, voi ch'entrate!

CD 2, 2, 2'04

par laquelle elle se renonce elle-même.

Monteverdi lui fait répéter deux fois la terrible sentence, avec une solennité grandiose et noire, avant d'évoquer la *città dolente*.

CD 2, 2, 3'10

Elle l'abandonne alors, sur la quinte à vide de *si* bémol, comme s'il fallait que le cri de panique d'Orphée, en *la* mineur, soit encore plus anarchique, fourvoyé hors du solfège. Orphée culbute alors en tous sens, jusqu'à cette supplication finale, évidemment impuissante :

Qual bene or più m'avanza
Se fuggi tu, dolcissima Speranza

Quel bien maintenant me reste-t-il,
Si tu t'enfuis, ô très douce Espérance ?

Mais l'Espérance n'est plus ici un sentiment de l'âme : Orphée parle à une femme. C'est toute la force de l'allégorie, quand la musique lui donne vie.

Aussitôt surgit Charon, le nautonier d'Enfer, fils de la Nuit.

CD 2, 3

La brutalité et la violence de son apparition ne sont pas suggérées : elles sont imposées par Monteverdi et *décrites* par lui, comme il sait faire, par les seules notes de la partition. Il dispose trois effets, qu'il empile l'un sur l'autre : le changement brutal de tonalité, le son de la voix, et l'instrument.

Le don qu'a Monteverdi de faire des coups de force harmoniques est stupéfiant. Cinq siècles après lui, malgré Beethoven, malgré Wagner, malgré Stravinsky, cela nous prend toujours de court, alors que tant de musiques qui ont cherché à nous surprendre ne font que saturer nos oreilles. À l'acte II, il nous avait saisis à l'instant où entrait la Messaggiera. Au début de celui-ci, il a recommencé lorsque Speranza abandonnait Orphée, sur le cri de panique du chanteur qui se retrouvait seul dans les ténèbres. Ses derniers mots avaient été des sanglots, *qual bene or più m'avanza se fuggi tu*, suivis d'une supplication, *dolcissima Speranza*, qui s'achevait en *la* majeur. Et voici, sans transition, le rude *fa* majeur de Charon. Cette brutale effraction sonore coupe littéralement la parole à Orphée, et nous coupe le souffle.

Mais pour donner à l'apparition du gardien d'Enfer son potentiel d'effroi, Monteverdi impose en même temps le timbre de sa voix. À aucun moment depuis le lever du rideau nous n'avons entendu une voix de basse. Enfin, pour que son apparition brutale soit encore plus rauque et plus rude, il la double de la *régale*.

La régale, c'est un vieil instrument, qu'on ne trouvait plus depuis longtemps que dans quelques musées et qu'on n'avait plus entendu depuis des siècles, jusqu'à ce qu'on se décide à en reconstruire, d'après ces reliques hors d'usage. C'est une sorte de petit orgue doté d'un seul jeu, sans tuyaux, à anches battantes, dont la sonorité rêche et agressive nous attrape par les oreilles avec violence. Elle donne une sensation de rusticité, d'âpreté grossière, rugueuse, lourde et gauche. Aucun instrument moderne ne peut donner globalement l'ensemble de ces caractères, et surtout le faire avec cette simplicité directe, puissante, barbare et naïve. On se moquait, il n'y a pas si longtemps, de la religion des « instruments anciens ». On se demandait à quoi pouvait servir ce retour à des techniques dépassées ou à des instruments obsolètes : il faut avoir entendu Charon accompagné par la régale pour comprendre qu'il y a des cas où seul l'instrument qu'il avait choisi peut nous suggérer la pensée du musicien. S'il n'en existe plus, il faut en reconstruire.

Charon ouvre la bouche à la même seconde que la régale. L'instrument ne l'accompagne pas : c'est son double. C'est la couleur même de sa voix. Il commence donc par cette triple violence : harmonique, instrumentale et vocale.

CD 2, 3

Il débite alors, d'une seule haleine, quelque chose qu'on a peine à définir. C'est à la fois grandiose et énorme, et pourtant fruste et presque grossier. La capacité mélodique du nautonier d'Enfer est si rudimentaire que sa voix ne sait rien que monter et descendre mécaniquement une succession de quartes et de quintes : et quand il a fini, au bout de quinze mesures, il recommence, comme incapable de sortir de sa mécanique. Sa voix noire, la sonorité barbare de la régale, ce chant inculte et bourru, cela nous peint Charon : et Monteverdi nous apparaît à nouveau comme un admirable portraitiste. Sa musique *dessine* le personnage. C'est une sorte d'énorme Quasimodo, à peine sorti des grottes obscures dont il a la garde. Ce qui sort de sa bouche est hargneux et stupide à la fois, et pourtant si puissant, qu'on est simultanément écrasé et subjugué.

Orphée ne répond pas.

Peut-être ne le peut-il pas. Peut-être est-il déjà vaincu. Il se pourrait qu'il y ait ici encore une invention de Monteverdi, à laquelle Striggio n'avait pas songé, et si c'était vrai, cela confirmerait ce que l'on a déjà entrevu : sa capacité de construction dramatique. Autant que musicien, il est homme de théâtre, à une époque où les ficelles de ce métier sont encore bien loin d'être aussi perfectionnées qu'elles le deviendront. L'âge qui commence avec lui et qu'on appelle baroque sera celui du théâtre, où tout est théâtre. La Renaissance finissante le pressent : mais le grand précurseur est Monteverdi, dont le moindre madrigal est déjà une dramaturgie.

Que se passe-t-il ici ? Quelle est l'invention monteverdienne que n'avait pas prévue Striggio ? C'est une intervention de l'orchestre. Au lever du rideau sur le monde infernal, les *cornetti* et les trombones l'avaient coloré de noir et de rouge sombre : la voix de Charon s'est inscrite dans cette même tonalité.

Orphée se tait : il faut, pour qu'il puisse parler, qu'une autre musique vienne, mystérieusement, à son secours : une musique qui n'est pas celle de l'Enfer, qui se joue lentement, très doucement, sans plus de trombones ni de cornets mais avec de suaves violes, graves aussi, mais caressantes, légères comme une brume.

Cette courte *sinfonia* reviendra trois fois, chaque fois avec le même caractère miraculeux : la troisième fois à l'acte V, elle préludera à la descente d'Apollon.

On avait oublié, peut-être, qu'Orphée est fils d'Apollon. Il va falloir s'en souvenir : ni ce qui va suivre dans un instant, ni plus tard le finale ne sont intelligibles sans la mystérieuse *influence* qui descend jusque dans les abîmes souterrains : « influence », au sens néoplatonicien et astrologique de ce mot, bien entendu.

CD 2, 3, 1'20

Voici donc une douce, suave musique de cordes, très lente et *pianissimo*, une musique proprement magique, qui descend comme une nuée tendre à travers la voûte du chemin d'Enfer, s'étale sur cette obscurité et baigne Orphée. Alors seulement, il peut parler.

*

L'un des textes les plus importants dont nous disposions pour comprendre la pensée de Monteverdi est une lettre de sa propre main, destinée à Alessandro Striggio, le librettiste d'*Orfeo*. Elle date du 9 décembre 1616 et elle nous parle, entre quelques autres choses, du chant d'Orphée. Elle va nous révéler, en peu de mots, des choses essentielles.

Le sujet de la lettre vaut qu'on en dise un mot. Monteverdi se plaint du livret qu'on veut lui faire mettre en musique, et dont les personnages mythologiques viennent tous du monde marin : des sirènes, des tritons, des vents. C'est sa réaction qui est d'abord intéressante. Il écrit : Mais comment voulez-vous que je fasse ? À quoi pensez-vous ? Ce qu'il dit est même si intéressant qu'il faudrait l'écouter en italien, tant les termes qu'il emploie sont précis et rigoureux. « *Come, caro signore,* comment, mon cher seigneur, *potro io imitare il parlar de venti, che non parlano ?* Comment pourrais-je imiter le parler des vents, qui ne parlent pas ? »

Irréfutable, seigneur Claudio… Mais son emploi du mot *parlar* : pour lui, à l'opéra, on ne chante pas, on *parle*.

Donc Monteverdi rechigne à faire *parler* les vents. Il continue : « Ariane sut émouvoir, car elle est femme, et pareillement l'Orphée, car il est homme, et non vent… »

Deux lignes plus loin, il nous dit pourquoi : *L'Arianna mi porta a un giusto lamento, e l'Orfeo a un giusta preghiere* (Ariane me mène à – me conduit vers, me pousse à, m'incite à lui inventer – une juste plainte, et Orphée une juste prière) ; *giusto* étant entendu au sens précis de « bien accordé au personnage », « conforme à ce qu'il est, à sa nature ».

Ainsi, c'est bien l'humaine nature d'Ariane et d'Orphée qui semble à Monteverdi lui permettre de nous émouvoir. Ils « parlent », ils « récitent » en musique ou, comme il va l'écrire un peu plus loin, « ils parlent *en chantant* », ils « parlent *avec du chant* ». Pour nous, après tant de siècles d'opéra, les clivages sont simples – mais terriblement trompeurs. Quand on joue l'*Orfeo* en 1607, l'opéra n'existe pas : aucune de ses formes n'a vu le jour lorsque Monteverdi, *ex nihilo* ou presque, le pense et le compose. Cette *récitation en musique* que nous avons appris bien plus tard à appeler *récitatif*, n'existe pas mais *recitar* en italien veut dire jouer, au théâtre, avec les tons, les intonations, les accents, l'expression. *Recitar cantando*, c'est « jouer une pièce avec des intonations musicales ».

Ce n'est pas tout. Nous connaissons la méticulosité monteverdienne. Il continue, dans sa lettre, à se plaindre. Non seulement on prétend faire *parler* les vents, mais on veut faire *parler* les dieux alors que *mi piace udire le deitati cantar di garbo* (j'aime entendre les divinités chanter avec des ornements).

Si nous comprenons bien, le récitatif *(parlar cantando)* est le propre des humains, et c'est le langage de leurs émotions : Orphée, Ariane. Mais le chant ornementé *(cantar di garbo)* est celui des dieux. À l'acte V, ce sera le langage d'Apollon dans sa gloire. Chant *spianato*, simple, sans ornements, pour l'homme ; chant *parsagiato*, parsemé de coloratures virtuoses, pour les dieux. Trente ans après l'*Orfeo*, ce sera encore le chant de Minerve dans *Le Retour d'Ulysse*.

*

Orphée, abattu, vaincu, assommé par le rude chant de Charon, s'était tu ; puis s'était répandue sur lui cette douce pluie divine, cette rosée apollinienne de la *sinfonia* des violes.

Il se redresse, regarde Charon et lui parle dans cette tonalité de *sol* mineur qui est la couleur de sa voix ; du moins pendant quelques secondes, nous allons le croire. Nous nous apercevrons presque aussitôt que ce *sol* mineur n'en est pas un ; mais d'abord on s'y trompe : Monteverdi l'a voulu ainsi.

Notre attention est d'ailleurs attirée par autre chose : la volubilité, la surabondance d'ornementation, unique dans l'histoire de l'opéra, qu'affecte Orphée. Ce n'est pas à proprement parler brillant : accompagné par la douce sonorité de l'orgue de bois prescrit par Monteverdi, c'est un chant suave, onctueux, mais qui tourne et retourne un chapelet de petites notes *di garbo* : cinquante-quatre notes sur la seule syllabe *lei*, quand il s'adresse à Charon ! Soixante-six notes, plus tard, pour prononcer son propre nom : *Orfeo son io...*

CD 2, 4

Si nous avons bien compris ce que Monteverdi écrivait dans sa lettre à Striggio, la chose est claire, Orphée vient de changer de statut. Celui qu'au premier acte le Pastore I avait qualifié de *semideo*, demi-dieu, porte en lui de l'humain et du divin, il est moitié homme, moitié dieu : la part de lui qui vient de se tourner vers le nautonier d'enfer, ce n'est plus l'homme qui parlait à Eurydice dans le bonheur de l'acte premier, ou qui s'adressait avec angoisse à la Messaggiera (*Donde vieni? Ove vai? Ninfa, che porti?*) : « l'influence » d'Apollon vient de descendre sur lui. Son chant de désespoir humain, tel que nous l'écoutions il y a moins de trois minutes lorsque s'enfuyait l'Espérance, ce *parlar cantando*, ne convient plus. C'est l'essence divine d'Orphée qui parle désormais.

CD 2, 4, 0'17

Monteverdi insiste, d'ailleurs. À peine laisse-t-il à Orphée le temps de chanter quelques-unes de ces notes d'une virtuosité apparemment gratuite, qu'il envoie deux petites fusées de violon, légères comme des flammes et brillantes comme elles (Salomone Rossi, ne l'oublions pas, le plus virtuose des violonistes italiens, est alors le premier violon de l'orchestre de Mantoue). Étranges, ces deux escarbilles, la seconde en écho, très loin, très haut, on ne sait où. Et que dessinent-elles ? Disons les choses comme elles sont, avec les mots savants qui conviennent : *deux échelles ascendantes, avec troisième et sixième degrés mineurs, sans note sensible. Modal*, vous l'aviez deviné. Quel mode ? Dorien, phrygien, hypophrygien ? Vous n'avez pas le temps de répondre, mais l'impact est là.

CD 2, 4, 0'32

Dix secondes plus tard, les deux violons récidivent. *Deuxième et sixième degrés mineurs, sans note sensible. Modal*, mais d'un autre mode. C'est à cet instant que l'auditeur prend conscience qu'Orphée, non seulement chante ces phrases délirantes de *passagi*, de *gorgie*, de coups de glotte, de *ribattuti*, mais qu'il chante, lui aussi, *modal* : son *sol* mineur n'est pas un *sol* mineur, pas plus qu'il ne l'était lorsqu'il a entonné au premier acte *Rosa del ciel*, ou qu'il a juré de descendre dans les *profonde abissi* et de revenir *a reveder le stelle*. Voici donc qu'abandonnant de nouveau son récitatif d'homme, il adopte de nouveau ce chant intemporel, sorti de ce passé immémorial, ou hors du temps, que retrouve sa voix dans tous les moments solennels où il s'adresse au ciel, ou parle de lui.

Ainsi Orphée, au fond de l'Enfer (dantesque, et non antique), abandonné par l'humaine Espérance, et aussitôt envahi par ce qu'on ne peut éviter d'appeler *la grâce* (au sens théologique) d'Apollon, abandonne le langage des hommes (qui est récitatif, Monteverdi vient de nous le dire) et *tonal*, pour utiliser une autre langue musicale, venue du fond des âges. Pour un membre de l'Accademia dei Invaghiti, le fond des âges, c'est évidemment la Grèce. Dans un instant, quand Orphée va se nommer, il recommencera avec ses soixante-six notes sur cinq syllabes, pour terminer sur un éblouissant *ré* majeur dont la fulgurance *tonale* s'opposera à l'univers *modal* que le dernier dieu vient de nous imposer.

Qu'est-ce que tout cela veut dire? Qu'est-ce que Monteverdi *veut nous dire*? Quelle est la signification de cet archaïsme musical appuyé, que nous percevons avec nos oreilles depuis longtemps frottées à Debussy et à toutes les musiques du monde, et que percevait sans doute de manière encore plus aiguë un auditeur du XVIe siècle ?

*

Bien entendu, en Italie et en 1600, c'est une évocation de la Grèce antique, dont ces messieurs de Mantoue, comme de Florence cent trente ans plus tôt, au temps de Laurent de Médicis, étaient entichés.

Ils n'avaient pas grande connaissance de la musique antique. Quelquefois ils l'avouent. Ils ont écrit des traités sur ce sujet, en s'embrouillant la tête chaque fois davantage. Ce que Vincentino appelait « mode dorien » s'appelait « phrygien » chez Zarlino ; Galilée (le père de l'astronome, fervent humaniste et musicien) appelait « lydien » ce que Vincentino nommait « hypolydien ». Mais tous, quels qu'ils soient et de quelque manière qu'ils nomment les choses, croyaient, nourris de grec comme ils l'étaient, que le pouvoir de la musique s'exerçait à travers les « modes » de la musique. C'était cela, pensaient-ils, l'antique pouvoir perdu de la musique grecque : le pouvoir même dont au prologue de l'*Orfeo* se vantait si gracieusement la Musica.

Il faut lire ce que les hommes du XVe et du XVIe siècles ont écrit, par pleines pages, sur ce sujet. Il faut se pénétrer, à travers leurs récits souvent naïfs, de ce qu'ils croyaient, même s'ils se trompaient allègrement. Ils racontent les uns et les autres des histoires extraordinaires, qu'on pourrait croire sorties de la besace d'un ethnologue spécialisé dans le chamanisme d'Asie centrale.

En voici une : je la cite dans son langage non pas seulement pour le plaisir de le déguster, mais pour la *distance* qu'il établit. Ces choses-là se passent *chez nous*, il n'y a pas si longtemps…

« Ce musicien vivoit du temps d'Eric Roy de Dannemarch, et jouoit si parfaitement bien du luth qu'en mesme heure, et en mesme instant, il pouvoit de ses chants tantost rendre les hommes joyeux tantost triste, tantost courroucez, tantost furieux et enragez… »

La Musica utilisait presque les mêmes mots… *(So far tranquillo… et hor di nobil ira…)*

« Il commance premièrement à toucher les cordes d'une main lente et pesante, et eussiez veu alors le Roy et l'assistance si tristes et melancoliques que rien plus. Il prend un autre ton plus gaillard et brusque, et n'y avoit il si renfrogné et melancolique, qui n'entrast en excez de joye et de plaisir. Mais quand il vint sur le ton Phrygien… »

(…nous y voilà…)

« et à frapper les cordes d'une main plus forte voilà que le Roy et ses courtisans se sentent eschauffez, et entre le Roy en fureur. Le Musicien donne proprement le signal à ceux qui estoient en l'antichambre. Ils entrent ou estoit le Roy, rompent le luth sur la teste du menestrier et musicien, et se jettent sur le Roy qu'ils retiennent à force de bras, afin qu'il ne fit le fol d'avantage. Le Roy qui estoit fort et robuste, en rue (en la fureur ou il estoit), un ou deux par terre, et les traicte à coups de poing par les yeux et par tout, ce neanmoins il retourne aussi tost en son bon sens, fort desplaisant de ce qu'il avoit faict en sa fureur ».

Et cet autre, si semblable que c'en serait presque louche, dans les chroniques d'un certain Artus Thomas, écrites en 1611, quatre ans après l'*Orfeo* :

« J'ay quelquefois ouy dire au sieur Claudin... » (il s'agit de Claudin de Sermisy, que Monteverdi rencontra lors de son voyage dans les Flandres avec le duc Vincenzo) « qu'il fust chanté un air aux magnificences qui furent faites aux nopces du feu duc de Joyeuse... » (les fameuses fêtes de 1589 où l'on joua le *Ballet comique de la Reyne*...) « du temps d'heureuse mémoire Henry III, Roy de France et de Pologne, que Dieu absolve, lequel comme on l'essayoit en un concert qui se tenoit particulièrement [il veut dire : *en privé*], fit mettre la main aux armes a un gentihomme qui estoit present, et qu'il commença a jurer tout haut, qu'il luy estoit impossible de s'empescher de s'en aller battre contre quelqu'un : et qu'alors on commença a chanter un autre air du mode sous-phrygien... » (encore!) « qui le rendit tranquille comme auparavant : ce qui m'a été confirmé encore depuis par quelques-uns qui y assistèrent, tant la modulation (il veut dire : l'emploi des *modes* de cette antique musique *modale*...), le mouvement, et la conduite des voix conjoints ensembles, ont de force et de puissance sur l'esprit... »

Peu importe que ces faits, et bien d'autres d'ailleurs, soient vrais, ou exagérés, ou interprétés, ou inventés. Ils concordent. Quand on veut comprendre le passé, il ne faut pas juger si ce qui vous est raconté est vrai ou faux, mais si en son temps on l'a cru vrai, ou vraisemblable. On ne peut pas juger la pensée des hommes d'autrefois en se fondant sur ce qui paraît possible à notre raison, mais sur ce qu'ils estimaient, eux, concevable. Les contemporains de Monteverdi croyaient tous que le pouvoir de la musique sur l'esprit est immense; qu'elle peut, « avec ses doux accents », *far tranquillo* un cœur troublé, ou enflammer *hor di nobil ira*, de noble fureur, *hor d'amore*, ou d'amour, les esprits les plus glacés. Cela, nous savons que Monteverdi lui-même le croyait : il l'a mis en musique, textuellement, au prologue.

Mais ce n'est pas tout. Après deux siècles d'humanisme, après cent cinquante ans de passion pour la Grèce et de désir de retrouver le secret de son art, on avait aussi acquis la conviction que le pouvoir de cette musique s'exerce par les *modes*, c'est-à-dire les échelles différentes dont usaient les Grecs, dont on connaissait le nom (dorien, hypodorien, phrygien, lydien, et.) et dont on cherchait désespérément à retrouver la structure. En jouant dans un certain *mode*, on pouvait rendre un homme furieux, prêt à bondir l'épée à la main ; quelques notes de sous-phrygien et il était à nouveau doux comme un agneau. Peu nous importe que les Zarlino, les Vincentino, les Galilei se soient un peu mélangé les pédales entre l'hypodorien et l'hypolydien. Ce qui compte, c'est ce que Monteverdi et ses auditeurs croyaient vrai. Peut-être que l'anecdote racontée par Artus Thomas n'est-elle jamais réellement arrivée : il nous suffit qu'elle témoigne de la croyance qu'on avait dans le pouvoir des sons en général, et dans celui des modes grecs, en particulier.

Récapitulons.

Orphée, face au nautonier Charon, chante coup sur coup trois couplets stupéfiants de virtuosité vocale. Sa voix oublie soudain qu'elle est « au service de la parole », *ancilla poesiae*, comme elle l'avait été depuis le lever du rideau ; elle s'élance et virevolte dans l'air noir de l'Enfer.

Elle le fait en abandonnant la tonalité qui a été jusque-là celle d'Orphée, *sol* mineur, pour ressembler à ces tons archaïques, légendaires, remontés du plus lointain du temps, qui sont porteurs des pouvoirs magiques de la musique des anciens Grecs.

Elle a été précédée d'une étrange *sinfonia* orphique; elle est escortée et comme guidée par ces fusées de violon, venues on ne sait d'où, puis par les *cornetti* et par la harpe.

Si on fait l'addition, on s'aperçoit que tout converge. Que fait Orphée, sinon propulser sur le nautonier d'Enfer, le terrible Charon, tout le pouvoir incantatoire de sa musique? C'est là une scène d'envoûtement, ou de conjuration. Elle doit avoir une force mystérieuse et puissante mais, par la voix d'Orphée, toute en douceur enveloppante : ce que Monteverdi veut que nous entendions, c'est l'esprit de la musique, exacerbée dans son excès de virtuosité, et qui cherche à triompher des forces obscures personnifiées par la force brute et noire de la voix de Charon.

Faut-il ajouter un détail? Monteverdi est un pointilleux, on le sait; il ne néglige rien. Mais Striggio non plus. Nous ne nous sommes sans doute pas aperçus que les paroles prononcées par Orphée durant ces quatre couplets sont rimées selon la même structure poétique qu'utilisait Dante pour *L'Enfer* : la *terza rima*. Les membres de l'Accademia dei Invaghiti ont immédiatement repéré ce discret renvoi au langage dont se sert le père de la poésie italienne pour raconter le monde infernal. Orphée se nomme au début de la quatrième strophe : soixante-six notes sur son nom. A-t-on jamais dit *moi* avec plus d'emphase? Et aussitôt, le langage musical change.

Le danger qui guette tout artiste, qu'il soit ou non un demi-dieu, apparaît à l'instant où il commence à se regarder à travers son art, à en réfléchir le pouvoir sur sa propre personne et à confondre son art et son *moi*.

Le demi-dieu Orphée serait-il en train de redevenir homme?

La réponse ne tarde pas : mais pas absolument là où on l'attendait.

Voici qu'Orphée, juste après l'énoncé de son propre nom, prononce celui, si doux, d'Eurydice :

CD 2, 5, 1'27

Orfeo son io – che d'Euridice i passi segue...

C'est moi Orphée – qui suis la trace d'Eurydice...

Immédiatement, les vocalises d'Orphée demi-dieu s'estompent, puis s'interrompent. Orphée reprend, comme par hasard, son langage d'homme. Il en retrouvera ensuite quelques bribes, comme un rappel : quand on est double, l'autre part de soi ne s'efface pas si vite; il en reste quelques relents qui remontent, avec un peu de retard, sans même qu'on y songe : mais ce ne sont plus que des traces, comme des traînées qui reviennent à la surface à l'instant où il dit : *per huom mortale*, et s'avoue homme. Mais à peine ce mot *huom* est-il prononcé, avec ces restes de vocalises, qu'il se met à gémir sur un pathétique *mi* bémol, pour parler des yeux (les «lumières») d'Eurydice :

CD 2, 5, 2'40

O de le luci mie luci serene...

(intraduisible... lumières de mes yeux?
ou yeux de ma lumière?
ou lumière de ma lumière?
ou yeux de mes yeux?...)

Orphée se replie aussitôt sur lui-même, et je crois qu'on n'a jamais traduit aussi précisément en musique ce que je tente de dire par «repli sur soi», que ne le fait ici Monteverdi, dans cette phrase musicale, répétée deux fois de suite sans changer une note du chant, mais la seconde fois accompagnée, je veux dire commentée et explicitée, par la basse chromatique descendante, qui délite l'âme d'Orphée, la liquéfie, et l'installe dans sa douleur – *mie pene*, comme il dit.

CD 2, 6

Orphée ne peut plus désormais que patauger, durant tout le sixième couplet, dans le marécage de son affliction.

Il nous émeut, bien entendu. Nous sommes de tout cœur avec lui, mais nous savons déjà qu'il est vaincu ; et cela non pas du tout parce que l'affreux Charon était plus fort que lui, mais parce qu'à l'instant de gagner la partie, comme un chaman ou un sorcier qui oublierait la moitié de sa formule magique pour dire « pauvre de moi », il s'est regardé lui-même avec pitié et a baissé sa garde. Mais Monteverdi a tant de bonté d'âme qu'il trouve le moyen, par la voix même d'Orphée, de nous fondre le cœur sur ce demi-dieu agenouillé devant sa douleur d'homme.

Lorsque, aussitôt après (tout le sixième couplet), Orphée supplie Charon, et avec des mots et des tons de gueux qui demande la charité (« Ô toi, noble dieu, toi seul peux me prêter secours... »), nous savons bien qu'il a perdu ; et aussitôt, il nous touche. Monteverdi fait ce qu'il faut pour cela. Nous avions suivi avec admiration mêlée de crainte sa bataille de chaman en train d'ensorceler sa proie ; mais il faut qu'il nous montre le défaut de sa cuirasse, sa souffrance, son impuissance, sa presque défaite, pour nous émouvoir.

CD 2, 6, 1'07

De fait, Charon, qui est rustre mais pas bête, reprend aussitôt la parole, avec le ton matois dans sa rudesse d'un gaillard, d'un madré qui a compris que son adversaire s'était tout seul jeté dans un piège.

Il ne change pas de musique (*fa* majeur, imperturbable). Il ne sourit même pas. Il ne sait pas ce que c'est. Mais l'ironie, dont il ignore tout, se glisse sous ses paroles (je veux dire son chant) guindées : jusque sans même prendre conscience, dans sa cervelle obscure de Quasimodo des ombres, de ce qu'il y a de grotesquement grandiloquent dans ce qu'il va dire, il assène son *ré* majeur final, comme un coup de talon dédaigneux : *Pieta di mio valor, non degno affetto*... (Pitié indigne de ma qualité...)

CD 2, 6, 1'47

Que peuvent désormais les implorations, les appels désordonnés et au rythme redevenu haletant ? (Striggio abandonne la forme fixe de la *terza rima* à la Dante et reprend ses vers libres, pour laisser à Monteverdi son autonomie dans les rythmes, les impulsions, les cassures, les envolées, qui se succèdent dans une précipitation angoissée : quand on songe que ces deux hommes conçoivent à cet instant la première des grandes œuvres lyriques de notre histoire, quelle maîtrise dans la pensée et dans les moyens !...)

CD 2, 6, 2'06

Orphée ne peut plus que crier et pleurer : crier d'abord, et puis parcourir, sur toute l'étendue de sa voix, dans une incroyable descente note après note, depuis son *fa* aigu jusqu'à son *ré* grave, comme s'il enjambait l'une après l'autre les dernières marches de l'escalier qui mène à la porte obscure et, *en même temps*, du même mouvement de sa voix et de notre pensée, les derniers degrés de son désespoir :

Cosí vuol emplia sorte
Ch'in questi orror di morte

Da te cor mio lontano
Chiami tuo nome invano...

Ainsi veut l'impitoyable sort,
Qu'en cette horreur de la mort
Loin de toi mon amour
Je crie ton nom en vain...

Et que peut faire la dernière supplication ? Rien d'autre que de remonter, demi-ton par demi-ton :

Rendez-moi mon bien, rendez-moi mon bien...

avant de tenter de s'attendrir, ou d'attendrir, en nommant les dieux infernaux :

... dieux du Tartare.

*

C'est fini, Orphée.

CD 2, 7

Et pourtant, non.

Sans doute faut-il ici un long silence (un vrai, sans musique), pour que puisse s'accomplir le miracle que rien ne laissait prévoir et qui est peut-être à nouveau, qui est certainement même, une trouvaille de Monteverdi. Elle est si simple, d'une innocence si parfaitement sublime qu'elle nous pénètre par cette naïveté autant que par sa beauté.

Monteverdi reprend, sans autre explication, la *sinfonia* que nous avons entendue à l'instant où Orphée ouvrait la bouche pour s'adresser à Charon, et que j'ai appelée « apollinienne » puisque c'est elle qui accompagnera la descente d'Apollon à l'acte V : c'est donc la *sinfonia* du miracle, le petit nuage tendre et duveteux qui peut franchir la muraille de granite noir du royaume d'Enfer. Mais cette fois, Monteverdi précise quels sont les instruments qui doivent jouer : et comme toujours, cette indication est l'équivalent musical d'une didascalie, ces notes de l'écrivain de théâtre à l'intention du metteur en scène. « Cette *sinfonia* se sonne tout doucement (il écrit plus joliment en italien *pian-piano*) avec les *viole da braccio*, un orgue de bois et une contrebasse de viole. » Ce n'est pas de la musique : un nuage, une brume, une vapeur, un voile – et surtout, du mystère.

Et pendant que se jouent ces neuf mesures, que le doux nuage recouvre Orphée, Charon s'endort.

C'est bien un miracle. Rien ne pouvait le laisser prévoir. Rien n'a pu l'accomplir, si ce n'est le *pian-piano* des violes.

Dans le grave de sa voix, Orphée, qui semble lui aussi remonter d'un songe, murmure. Il ne peut rien dire d'autre, à mi-voix, que son étonnement sur le pouvoir paradoxal de sa lyre, qui n'a rien pu faire pour apitoyer le cœur endurci, mais fonctionne comme une berceuse.

Orphée prend place dans la barque de Charon, et traverse le Styx en clamant une nouvelle fois : « Rendez-moi mon bonheur, dieux du Tartare. » Le chœur final est d'une grande beauté : il reprend le rôle que les Grecs lui avaient attribué (« Rien n'est en vain tenté par l'homme » : on croirait entendre le finale de l'*Alceste* d'Euripide), mais avec la splendeur noire qui sied aux esprits infernaux.

Acte IV

Il y a mille inventions merveilleuses, tout au long de cet *Orfeo* : quelques-unes dues à Striggio, d'autres à Monteverdi, et certaines à tous les deux.

Mais il y en a peu qui soient aussi originales, et aussi séduisantes, aussi fraîches et touchantes que la présentation qui nous est faite du couple Pluton - Proserpine. Elle nous touche d'abord parce qu'elle est inattendue, et surtout parce qu'elle est gratuite. Ce dieu et cette déesse, de par leur nature et leur fonction, n'ont rien a priori de sympathique, surtout lui. C'est un gardien de prison, un super garde-chiourme, régnant sur la plus horrible et la plus tragique des forteresses, sous terre, dont on sait qu'on ne sortira jamais, et qu'on n'y est entré que parce qu'on était mort. Il n'a pu acquérir une épouse que par la violence, en procédant à un enlèvement grossier.

Proserpine, on la plaindrait plutôt. Elle était la fille de Cérès, la déesse des champs et des moissons, elle errait en cueillant des fleurs, « des violettes et des lis blancs », précise Ovide, lorsque cette brute la saisit, la jeta dans son char, et fouette cocher : « Il excite ses chevaux en les appelant chacun par son nom, sur leur cou et leurs crinières il secoue les rênes teintes de sombre rouille et s'élance à travers les étangs aux odeurs de soufre et aux eaux bouillonnantes sorties des fissures du sol. » Proserpine sanglote. Sa mère Cérès la cherche pendant un an, découvre le rapt, supplie Jupiter d'intervenir et obtient de lui que la petite passera six mois l'an dans le monde obscur des Enfers, et six mois avec sa maman. C'est une étrange déesse que Proserpine. Son destin est douloureux, plein de contradictions : car son méchant ravisseur, elle l'aime; pourtant, elle le quitte la moitié du temps. C'était une tendre nymphe, et elle règne sur le plus affreux royaume qui soit.

C'est d'ailleurs une étrange question que celle de l'âge des dieux : en théorie, ils sont immortels, et donc ils n'en n'ont pas. Mais Jupiter peut-il être un jeune homme? Pourquoi Vulcain est-il vieux? Que Junon soit plutôt mûre, et Vénus jeune, on pourrait en imaginer les raisons; mais quel est l'âge de Minerve? Et pourquoi Proserpine nous apparaît-elle d'abord adolescente, dans les champs, et soudain femme faite, avec un vieux mari despote et acrimonieux?

Tout cela va changer dans l'*Orfeo*. On ne s'y attendait pas : et cet acte IV commence en nous apportant le plaisir de rencontrer des gens plus aimables, plus attentionnés, plus estimables aussi, qu'on ne croyait. Ils sont bons, ce qu'on appelle « bons ». Et d'abord, ils s'aiment.

Rien ne pouvait le laisser prévoir dans le texte écrit par Striggio. C'est donc à l'âme de Monteverdi que nous devons la douceur et le charme, la délicatesse de cœur et les manières gracieuses de Proserpine. C'est une belle reine. On n'avait jamais pensé à cela. Et on pardonne à Pluton, à cause des accents tendres que le musicien a donnés à son épouse.

Elle est douceur et tendresse dès les premières inflexions de sa voix, mineure et fluctuante :

CD 2, 9

Signor, quell'infelice
Che per queste di morte ampie campagne
Va chiamando Euridice…

Seigneur, ce malheureux
Qui par ces vastes champs de mort
Va, appelant Eurydice…

Puis son chant se fait plus insinuant en descendant la sixte mineure, puis les quintes diminuées avec lesquelles elle implore, avant l'exquise phrase où, par deux fois, elle dessine, avec sa voix, à la fois sa requête et l'évocation de l'amour :

CD 2, 9, 1'05

Deh ! se da queste luci
Amorosa dolcezza unqua traesti,
Se ti piacque il seren di questa fronte
Che tu chiami tuo cielo…

Ah ! si jamais mes yeux
T'ont apporté quelque amoureuse douceur,
Si jamais t'a plu la sérénité de ce front
Que tu nommes ton ciel…

Comment une femme pourrait-elle obtenir la grâce d'un homme amoureux, sinon en rappelant à son époux qu'il l'est lui-même ? Mais c'est la musique qui, à cet instant, dépasse, et de très loin, les mots ; et lorsque

Proserpine répète, par deux fois, sur une affectueuse et moelleuse chute de sixte mineure, *pregoti, pregoti* (je te prie, je te prie), il faudrait être plus infernal que n'est Pluton pour ne pas craquer.

Ce qu'il fait.

CD 2, 9, 2'17

On admire aussi, d'ailleurs, la manière dont Monteverdi nous dépeint le roi d'Enfer. Roi, il l'est. De ton, de tessiture, majestueux, magnifique. On a oublié qu'on est au fond des abîmes, plus rien ne reste du garde-chiourme. Rien, ici non plus, ne faisait prévoir une si belle dignité dans le texte de Striggio : il acquiesce, précise les conditions (« qu'il ne retourne pas vers elle ses yeux avides »), donne ses ordres à ses ministres. Toute la beauté grave vient de Monteverdi, comme tout à l'heure la séduction de Proserpine.

*

Il y a ici une question que l'on ne se pose guère, comme si la réponse allait de soi : pourquoi Orphée n'a-t-il pas le droit de se retourner sur Eurydice ? Quelle est la raison d'être d'une interdiction aussi arbitraire ? Elle fait dans notre esprit à ce point partie du mythe d'Orphée que nous la croyons aussi ancienne que lui. Est-ce bien vrai ? Qui l'a prononcée ? Et surtout : pourquoi ?

Virgile même n'en parle pas. Il se contente de nous décrire Eurydice suivant Orphée, *pone sequens*, « marchant derrière », sans autre explication que, dans une sorte de parenthèse, *namque hanc dederat Proserpina legem*, « car Proserpine avait donné cet ordre ». Quel ordre ? De marcher derrière son époux, comme le doit toute épouse et depuis toujours, qu'elle soit grecque, thrace, sicilienne, égyptienne, carthaginoise, nazaréenne ou kabyle ? Proserpine n'a donc donné aucun ordre à Orphée. Comme fait n'importe quel Grec, Thrace, Romain, Égyptien ou Carthaginois, il marche devant. Et puis soudain, il se retourne et la regarde. Où est la faute ? Qui l'a défendu ? Virgile n'en dit rien et se contente d'ajouter, sans se poser de questions, qu'il est devenu fou, *cum subita incautum dementia cepit amantem.*

Ovide, au livre X des *Métamorphoses,* est un peu plus explicite ; pas beaucoup. Il est plus sentimental que Virgile. Il nous a montré longuement les Enfers sanglotant, *exsangues flebant animae*, après avoir entendu la plainte d'Orphée. « Pour la première fois alors, ajoute-t-il, les larmes mouillèrent les joues des Euménides vaincues par ce chant. » Pluton et Proserpine sont émus. On appelle Eurydice. Elle paraît et – voici le détail qui manquait jusqu'alors – « Orphée la reçoit à cette condition qu'il ne tournera pas ses regards en arrière, *ne flectat retro sua lumina*, jusqu'à ce qu'il soit sorti des vallées de l'Averne ». Ovide ne nous dit pas ce qu'il y a *retro* : mais nous devinons que c'est Eurydice puisque, depuis toujours, dans tout le bassin méditerranéen, une femme marche derrière son mari. Il marche et soudain, *avidus videndi*, « avide de la contempler », il tourne les yeux vers elle ; et « aussitôt, elle recula, malheureuse, tendant les bras, cherchant à être retenue par lui et le retenir, et ne saisit que le vent ».

Cela ne nous dit toujours pas pourquoi on a défendu à Orphée de se retourner. Or cette interdiction est devenue dans notre mémoire à ce point centrale qu'elle est pour nous le cœur du mythe. La première mort d'Eurydice, la morsure du serpent, ce sont des accidents.

L'incroyable entreprise qui consiste à descendre dans le royaume des morts, certes elle nous étonne, mais nous l'acceptons comme quelques autres faits merveilleux qu'on trouve dans les légendes ; et puis d'autres l'ont fait : Hercule, Thésée... Mais cette défense inacceptable qu'on fait à Orphée de regarder celle qu'il aime, alors qu'il a gagné son pari et qu'il la ramène au jour (ce que n'ont fait ni Hercule ni Thésée...), quelle absurdité ! D'où vient-elle ? Depuis quand en avons-nous fait le nœud de ce drame ? Et surtout, encore une fois, pourquoi ? Qu'est-ce qui la justifie ?

Nous avons trouvé, au cours des siècles et des métamorphoses du mythe depuis Virgile, vingt raisons pour expliquer qu'Orphée se retourne malgré l'interdit : la peur, l'anxiété, le doute, la folie, ou bien, comme fera Gluck, l'incompréhension puis la colère d'Eurydice qui ne peut concevoir pourquoi Orphée, comme un malotru, continue à lui tourner le dos et à se taire. Mais sur l'interdit lui-même nous oublions de nous poser des questions. Tout au plus sommes-nous capables d'imaginer un Pluton autocrate et jaloux de son pouvoir, qui regrette après coup d'avoir cédé à son bon cœur ou aux larmes de Proserpine, se reproche sa faiblesse et se rétracte aussitôt, imaginant dans l'improvisation un moyen de reprendre la main et de préserver son autorité en donnant *in extremis* un ordre absurde. Tous les hommes d'État connaissent cette clause de dernière minute dont ils devinent qu'elle va faire capoter le processus auquel ils ont eu la faiblesse de consentir. Cet ordre de Pluton est arbitraire. Nous n'avons jamais trouvé la moindre raison à cet incompréhensible diktat. Et nous pensons que Striggio et Monteverdi ne pensent rien d'autre en faisant chanter au dieu des morts, sur toute l'étendue de sa voix et en commençant dans le plus noir de son *la* grave et reprenant les mots mêmes d'Ovide :

Ma, pria ch'ei tragga il pié da questi abissi
Non mai volga ver' lei gli avidi lumi
qu'il ne tourne pas vers elle ses yeux avides.

Et il ajoute trois mots encore, pour que ce soit clair : *Io cosí stabilisco*, que nous traduirions volontiers par « car tel est notre bon plaisir ».

Et, ce faisant, nous nous trompons.

Pour un spectateur du temps de Monteverdi, pour Monteverdi lui-même, pour Striggio, pour le moindre des membres de l'Accademia dei Invaghiti, si peu qu'il soit frotté de néoplatonisme (et tous l'étaient), l'interdit n'avait même pas besoin d'explication, tant sa raison d'être était évidente. Il aurait fallu être ignare pour ne pas comprendre que lorsqu'on est dans l'autre monde, qu'il soit *infra* ou *supra*, le regard, le regard physique, celui des yeux de chair, est indigne de la figure non physique, que seul l'œil intérieur a le pouvoir et le droit de contempler. Pour un néoplatonicien, le regard plonge ensemble celui qui regarde et celui qui est regardé dans la même dimension spatiale. Le regard est une prise de possession. Il inscrit ce qu'on voit dans la matière. Ainsi, tant qu'Eurydice fait encore partie de l'univers non terrestre où la mort l'a fait entrer, désirer la voir serait la réduire à une substance physique : ce serait la figer dans cet espace dimensionné auquel elle n'appartient plus et auquel appartient encore Orphée puisque lui n'est pas mort, qu'il est encore de chair, et que son regard est une saisie de l'espace et non de l'esprit. Orphée, qui a fait irruption par force dans ce monde non terrestre, sans pourtant perdre sa forme dans l'espace (c'est là tout le mystère), Orphée ne peut pas, et ne doit pas, la regarder d'un autre regard que celui que Marsile Ficin attribue à l'*oculus spiritualis*, et que nous appellerons l'*œil intérieur*. Eurydice est devenue celle que Titien a peinte à droite de son tableau, cette belle et douce femme nue au regard mystérieux, que nous appelons à tort *Amour sacré* et dont le vrai nom est *Vénus céleste*, Ἀφροδίτη Οὐρανὶα : elle est nue, mais comme est la Vérité, comme est la pensée. Eurydice est encore de cette nature, où la nudité n'est que l'expression de sa pureté non charnelle, et nul ne peut la profaner du regard avant qu'elle soit revenue dans le monde terrestre, et soit redevenue celle que nous nommons par erreur *Amour profane*, cette autre belle femme jumelle, vêtue de sa belle robe de cour et de ses bijoux, à gauche du tableau, Ἀφροδίτη Πάνδημος de son vrai nom. Mais il est vrai que, sur le tableau du Titien, Éros remue l'eau du bassin et trouble l'esprit : Virgile peut donc dire d'Orphée : « Il est devenu fou. »

Ainsi, en tournant les yeux vers Eurydice non terrestre, Orphée lui donne la mort ; sa seule faute est d'avoir oublié une seconde qu'elle n'était plus du domaine de « l'amour profane », comme nous disons à tort. Et Eurydice reste seule, définitivement hors d'atteinte, *invalidasque tibi tendens, heu! non tua, palmas...*

*

Mais l'ordre de Pluton, ce n'était donc pas la volonté d'un despote regrettant son élan de bonté : c'était, au plus, un rappel à l'ordre des choses ; au moins, un dernier acte de mansuétude, un dernier conseil paternel et ému : *qu'il n'aille pas, surtout, la regarder ; il la perdrait...* Ce n'est pas à Orphée que s'adresse le *Io cosi stabilisco*, c'est à ses ministres, c'est à Cerbère, c'est à Charon, à Tisiphone, à Alecton : « Qu'on la laisse sortir, puisque c'est mon bon plaisir. »

C'est bien ainsi que l'a compris Proserpine ; et c'est pourquoi Monteverdi la fait chanter aussitôt en redoublant la douceur et le charme de cette déesse qu'on n'a jamais décrite si séduisante ni si touchante, ni à l'opéra, ni au théâtre, ni dans la moindre peinture de ce temps ou des autres. Elle nous a émus autant que Pluton lorsqu'elle le suppliait *(Pregoti... amorosa dolcezza...)* ; maintenant elle nous touche encore davantage dans ses remerciements, et la voilà qui pétrarquise, à son tour, reprenant mot à mot ce qu'Orphée avait dit à Eurydice à l'acte premier : *Sia benedetto il dí* (béni soit le jour où je te plus pour la première fois), et même *benedetta la preda e 'l dolce inganno*, allant jusqu'à bénir le rapt et le viol (Striggio écrit : « où j'ai été ta proie », *preda*), et la « douce tromperie », « puisque pour mon bonheur je t'ai gagné en perdant le soleil ».

CD 2, 9, 5'14

Et sur ces mots, Monteverdi invente des inflexions tendres, à peine effleurées (comment fait-on pour imaginer des choses si simples que de tourner cinq notes autour du *si* bémol de *sol* mineur, l'enfance de l'art, et que ces cinq notes soient capables de dire toute l'affection du cœur d'une vieille reine pour son vieux roi ?), tendresse mystérieusement mêlée d'un authentique élan, véritablement amoureux, qui placent ces quelques mesures parmi les plus émouvants instants de toute l'œuvre.

CD 2, 9, 6'06

Pluton répond, comme un bon vieux roi à sa bonne vieille reine à qui il vient de faire plaisir en favorisant l'un de ses protégés : « Tes suaves paroles rafraîchissent en mon cœur l'ancienne blessure d'Amour. » Il est vrai que c'est par ce rappel de l'aventureuse escapade de leur jeunesse (que pense le duc Vincent, vieux coquin toujours amoureux de la moindre *donzella* passant par sa cour, en écoutant parler Pluton ?) que Proserpine l'a touché. Il répond comme il doit, madré, mais souriant, en rappelant à son épouse que de toutes les déesses, elle a le privilège unique de passer six mois près de lui et six mois où elle veut : « Que ton âme ne soit plus trop désireuse des plaisirs célestes qui te font abandonner mon lit. »

*

CD 2, 9, 6'50

Le très court (et très beau) chœur des *spiriti* qui suit nous confirmerait, s'il le fallait, qu'il ne s'agit pas d'un protagoniste de l'action, comme sont les paysans de *Così fan tutte* ou les prêtres de *La Flûte enchantée* : c'est une fidèle réplique du chœur antique, qui regarde, commente, mais de l'extérieur. « La pitié et l'amour aujourd'hui triomphent en Enfer. »

CD 2, 10

Paraît Orphée, accompagné par une très vivace, fringante et presque dansante *sinfonia* de cordes. Lui-même jubile. Trop.

Il nous chante trois couplets (et comme Monteverdi reste égal à lui-même, trois couplets sur le même air, cela signifie trois musiques différentes, avec de subtils petits aménagements, calquant les mots, leur rythme et leur sens).

Pourquoi ai-je écrit « trop » ? Trop guilleret, peut-être ? Trop sûr de lui ? Un rien trop satisfait ? Ce rythme un peu trop frivole ? Eurydice est derrière lui, pas un mot pour elle. Pas un merci pour Proserpine. La gratitude d'Orphée va à sa lyre, c'est-à-dire à lui-même :

Qual honor di te fia degno
Mia cetra onnipotente ?

Quel honneur sera digne de toi,
Ô ma lyre toute-puissante ?

Il en fait déjà une constellation : « Tu auras ta place parmi les plus belles images célestes et à ton chant les étoiles danseront en rondes lentes ou rapides. »

Orphée, donc, suivi d'Eurydice, remonte allègrement le chemin d'Enfer, dans un fringant *sol* majeur.

CD 2, 10, 1'10

Un *si* bémol suffit à Monteverdi pour que la panique s'installe. Peut-être au fond fallait-il qu'Orphée soit trop léger, trop étourdi, pour qu'il interrompe lui-même sa chanson, effaré par sa propre insouciance : « mais pendant que je chante, *ohimè !* qui me dit… »

S'ensuit, sur de longues tenues de la basse en suspens, un monologue déchiqueté d'angoisse : mais quelle finesse dans cette superposition de l'immobilité et de la fièvre… (et cette tenue quand il évoque les yeux – les *lumi* – d'Eurydice, juste le temps pour la viole, jusque-là immobile, de venir glisser sa dissonance).

Mais l'angoisse est mauvaise conseillère, quand on a été trop sûr de soi. Orphée va prononcer un mot de trop :

Ciò che vieta Pluton, comanda Amore

Ce qu'interdit Pluton, Amour l'ordonne.

CD 2, 10, 2'12

On s'est souvent interrogé sur ce qui est écrit à cet endroit, en marge de la partition : *Qui si fa strepito dietro la tela* (ici se fait un bruit en coulisse). Quel bruit? Chaque chef d'orchestre a son idée; chaque commentateur aussi. Mais on ne semble pas avoir mesuré ce qu'Orphée vient de dire : il a nargué Pluton lui-même, alors qu'il est encore dans son royaume et que, tandis qu'il remonte suivi, par grâce spéciale, d'Eurydice, tous les regards des *spiriti*, des *ministri*, et celui de Proserpine, et celui de Pluton sont fixés sur lui… la réaction ne tarde pas : tout l'Enfer résonne de ce terrible *strepito*.

Voilà, c'est fait. Il s'est retourné.

La musique reste en suspens : comme Orphée, comme Eurydice, comme nous, spectateurs. Et comme, j'imagine, tout le peuple des Enfers, les *ministri*, les *spiriti*, et Proserpine surtout, qui suivait du regard la remontée d'Orphée et d'Eurydice comme si c'était d'elle qu'il s'agissait, *tanta pietà dentro il suo core*, et le vieux Pluton, sans doute ému aussi. Tous immobiles pendant cette interminable seconde.

L'un des plus extraordinaires pouvoirs des arts, quand ils se meuvent dans le Temps, comme font la musique, le théâtre, le roman aussi, c'est qu'en faisant ainsi cheminer *de concert*, comme on dit, le temps du personnage, le temps du chanteur, le temps de l'auditeur ou du lecteur, ils acquièrent le pouvoir de nous faire attendre quelque chose et de nous surprendre à l'instant où cela arrive. À cet instant le Temps, notre maître, s'arrête. C'est faux, bien sûr : il continue. Mais tout se passe comme s'il était suspendu, immobilisé, le temps que le battement de notre cœur reprenne son rythme (et on dit de cette seconde où il l'a perdu : au-dessus de l'abîme ; ou au-dessus du gouffre ; est-ce parce que ce battement raté, un seul suffit, nous donne la sensation de tomber ?).

Mais la musique fait encore mieux, quand un Monteverdi en est le maître. Elle peut dans le cours du temps remis en marche, développer, décrire, transcrire ce qui s'est passé dans cette seconde de silence. La musique qui lui succède ne se situe pas véritablement dans ce « temps retrouvé » après le silence : elle reste dedans, et fait en sorte que le temps qui suit soit un développement *dans le temps* de ce qui s'est passé quand le temps était arrêté. Il y a donc, sur la partition, d'abord l'indication d'un silence : ce qu'on appelle « une pause », qui marque le vide (celui de la pensée, celle d'Orphée, celle de Proserpine) pendant lequel rien n'a pu se passer : et ensuite, dans ce « second temps » en quelque sorte, va venir le commentaire musical de ce silence, sa paraphrase à l'aide de mots et de sons aussi désincarnés, étirés, longuement déployés le long du temps revenu, comme si pour exprimer le silence il fallait faire durer la musique le plus longtemps possible.

Orphée avait achevé de dire son angoisse par une fébrile montée de doubles croches. On ne comprenait plus ses derniers mots, tant il catapultait les syllabes. On ne savait plus ce qu'il disait, lui-même sans doute n'en savait rien : il parlait des Furies, des furies amoureuses qui s'armaient pour ravir Eurydice, qu'est-ce que cela voulait dire ? Virgile a raison, il perdait le sens, et Monteverdi le fait arrêter, après cette escalade folle, non pas du tout sur la question qu'il pose mais, oui, c'est exactement cela : au bord du gouffre, sur un accord qui ne débouche sur rien.

Orphée se retourne, et sur le bord de la partition, Monteverdi écrit : *Qui si volta Orfeo, e canta al suono del organo di legno* (ici se retourne Orphée, et il chante au son de l'orgue de bois).

L'orgue de bois, c'est l'exact contraire de la régale : un petit orgue positif, minuscule, avec des tuyaux de bois pour rendre le son le plus doux, le plus délicat qu'on puisse imaginer en musique ; c'est l'instrument des anges peints par Van Eyck.

L'orgue de bois, donc, pour transcrire, très lentement, avec toute la douceur imaginable, l'éblouissement heureux, la bouffée de paix de l'âme lorsque le regard d'Orphée croise celui d'Eurydice, pendant la seconde (cela ne durera pas davantage) où il la contemple.

Il s'adresse à ses yeux, comme on faisait dans ce temps-là dans l'instant de bonheur ; dans ce temps où l'être aimé pouvait métaphoriquement être réduit à la lumière de ses yeux : *lumi, stelle, luci serene, occhi lucenti, amorose stelle, cortese sol...* C'est à peine si à cette époque on sait nommer les yeux : on ne désigne que leur lumière. Et Orphée :

O dulcissimi lumi, io pùr vi veggio

CD 2, 11

«... enfin je vous vois », dans un long, horizontal *sol* mineur de contemplation extasiée et silencieuse sur la longue note immobile de l'orgue de bois. Puis il reprend : *io pùr…* et s'arrête, en suspens, à nouveau.

Silence encore. Et puis, sur une incroyable modulation renforcée par la brutalité des instruments qui se substituent soudain à l'orgue de bois, cette interrogation, anxieuse et pourtant pas, sans rien de la fougue de celle qui a précédé le retournement, anxieuse et lentement dirigée vers le grave, sur une septième (*ré – sol* dièse – *mi*), une question qui contient déjà sa réponse désespérée : « Quelle éclipse, hélas, vous obscurcit ? »

Même au cœur du drame, en 1600, on « file » la métaphore. Les yeux sont des *lumi.* La lumière vient des astres. Toute la poésie dit que les étoiles sont les images des yeux de celles qu'on aime, ou plus exactement, en termes néoplatoniciens, ce sont les yeux qui sont les reflets matériels des étoiles spirituelles vers qui se dirige tout amour digne de ce nom. Il est donc bien juste que lorsque Eurydice s'efface dans l'ombre et que ses yeux cessent de briller, Orphée, dans l'angoisse, parle quand même d'une « éclipse » : *ma quel eclissi, ohimé, v'oscura ?* On souriait, autrefois, du filage des métaphores, comme de la personnification de Speranza. Gardons-nous de tomber dans ces travers. Oui : réellement, au temps de Monteverdi, les yeux sont des étoiles, et leur disparition bouleversante, c'est une éclipse. Ne sourions pas.

Avec Monteverdi, la musique dit tout : les sentiments, les expressions, bien entendu ; mais aussi les mouvements, les gestes. Tout est écrit, la couleur des sons, leur débit et les silences mesurés au dixième de seconde, en proportion, bien entendu. Il n'y avait pas d'espace pour le moindre silence entre la fin du cri d'Orphée et la terrifiante intrusion de Charon ; il n'y en a pas davantage ici avant la phrase rude du ministre d'Enfer, sur fond de régale : « Tu as enfreint la loi, tu n'es pas digne de la grâce. »

*

Comment disparaissait Eurydice, sur un théâtre, et plus encore dans la galerie du palais de Mantoue, au XVIIe siècle ? On a mille renseignements sur l'éclairage des décors de théâtre au XVIIIe siècle : ils étaient d'une finesse et d'une astuce technique qui nous confondent. Mais du XVIIe, si nous connaissons les incroyables machineries, trucages, trompe-l'œil, feintes et tricheries que décrit, avec figures, l'étonnant Sabbattini, nous ne savons rien des lumières.

Peut-être Eurydice se contentait-elle de reculer lentement dans le fond du théâtre ; et si soucieux qu'on soit de l'art de la mise en scène, c'est incroyable : à cet instant-là, en écoutant la musique, on se dit que sa matérialisation sur un théâtre n'a aucune importance. De toute façon, on pleure.

CD 2, 11, 0'38

Ahi ! vista troppo dolce et troppo amara !
Cosi per troppo amor dunque mi perdi ?
Ed io, misera, perdo
Il poter più godere
E di luce e di vita, e perdo insieme
Te d'ogni ben più caro, o mio consorte.

Ah, vision trop douce et trop amère !
Ainsi par trop d'amour tu me perds ?
Et moi, malheureuse, je perds
Le pouvoir de jouir
Et de la lumière et de la vie, et ensemble je te perds,
Toi, de tous les biens le plus cher, ô mon époux.

Nous n'avons entendu Eurydice, souvenons-nous, qu'une seule fois, au premier acte, où elle nous avait émus par ce qui pouvait nous paraître un douloureux pressentiment.

Nous la retrouvons semblable à elle-même ; pas tout à fait, cependant : épurée. Je veux dire : *musicalement* épurée. Monteverdi, une fois encore, fait tout. Le spectacle qu'au théâtre on greffe sur sa musique a quelque chose d'un pléonasme. La musique a déjà tout dit, je veux dire : tout montré. Eurydice, en cet acte IV, n'est pas désincarnée, bien au contraire : elle est présente, émouvante, belle. Mais elle est faite d'une chair sans pesanteur, d'une forme sans contours, d'une lumière qui ne vient pas de l'extérieur, encore moins des projecteurs que l'éclairagiste du théâtre a dirigés sur elle, j'espère avec délicatesse, car si cette lumière ne paraît pas venir uniquement de l'âme d'Eurydice, il a mal fait son métier. Eurydice est vivante, mais comme une *figura spiritualis*. C'est en quelque sorte par une convention théâtrale que nous avons le droit de la contempler sur la scène : Orphée, lui, sur cette même scène, n'a pas le droit de jeter sur elle un regard.

Lorsqu'au premier acte, elle était une vraie femme de chair au milieu des bocages, nous l'avons entendue répondant à Orphée et, sur ses premiers mots *(Io non diro qual sia…)*, descendre cette anxieuse et trouble quinte diminuée *ré-sol* dièse. La voici qui recommence, pauvre ombre : *ré-sol* dièse : comme si cet intervalle douloureux et instable (interdit au Moyen Âge…) résumait tout son être, qu'elle soit sur terre ou aux Enfers. Mais quelle différence ! Ici, c'est tout l'espace, note après note, qu'elle descend : *ré*, longuement tenu sur son exclamation, que l'on croit d'abord douce, et que Monteverdi brise en son milieu par une terrible dissonance de septième non préparée, tandis qu'elle continue sur la même note : *Ahi!* Puis *do*, un peu allongé sur *vista*; puis *si* bémol, puis *la*, et enfin un *sol* naturel trompeur, puisqu'elle remonte aussitôt d'un demi-ton sur le *sol* dièse, d'autant plus douloureux qu'on ne l'attendait pas, ou plus, et qu'il vient se glisser, insistant et déchirant, et justement pour dire *dolce* :

CD 2, 11, 0'38

Ahi! vista troppo dolce

Ah! vision trop douce...

Encore plus lancinant d'être, en effet, plus doux. Mais une quinte diminuée tient son caractère de son instabilité : il faut la conclure. Eurydice remonte au *la*, qui devrait nous apaiser, et qui le fait un instant pour nous tromper à nouveau, jusqu'à ce qu'une sourde dissonance vienne briser, comme de l'intérieur, cette fausse paix qu'on avait cru toucher, pour ajouter *e troppo amara*, « et trop amère ».

Tant de choses en si peu de notes... Dites avec une précision, une acuité dans la douceur et dans la douleur mêlées, et où Monteverdi inverse les données : *dolce, amaro*; le doux est amer, l'amer, presque suave. Sept mots, cinq mesures, dix secondes... Ceux, parmi les membres de l'Accademia dei Invaghiti, qui savaient leurs classiques, se souvenaient en écoutant que Marsile Ficin (toujours lui...) avait écrit : « L'amour est appelé *amarum* par Platon; et Orphée, lui aussi, appelait l'amour γλυκύπικρον, ce qui veut dire *dulce-amarum*, doux-amer ». Et Guarini (encore lui...), dans son *Pastor fido*, cet apparent jeu de mots presque intraduisible, du moins sans pesanteur :

Cruda Amarilli, che col nome ancore
D'amar, Ahi lasso! amaramente insegni...

Cruelle Amaryllis, qui même avec ton nom
M'enseigne, hélas! l'amertume d'amour...

Monteverdi connaissait bien ces mots et ces jeux sur les mots et sur les sons, qu'il avait mis en musique deux ans plus tôt au début du *Ve Livre de madrigaux*, et avec quelles glissantes dissonances sur *amar, amaramente, Amarilli*, douceur et amertume savamment et tortueusement enchevêtrées.

On pourrait s'arrêter sur chacune de ces dix-neuf mesures (cinquante secondes...) de la plainte d'Eurydice, qui sont parmi les plus bouleversantes de l'*Orfeo* : car il y a une intention sur chaque mot, et une conjointe sur chaque note, sur chaque vers (qui n'est pas une somme de mots) et sur la phrase musicale qui le traduit (qui n'est pas une somme de notes, ni de notes sur les mots). Et chaque fois une surprise pour celui qui écoute : cela sans que jamais on ne perçoive une volonté du compositeur qui chercherait à s'imposer, tant la fluidité de la voix d'Eurydice coule sans rupture, même lorsqu'elle se brise.

Nous qui avons entendu tant de musiques depuis quatre siècles, pourvues de si savantes harmonies, soutenues d'orchestrations si pleines, nous nous demandons comment il est encore possible d'être bouleversé par des effets musicaux aussi simples, aussi candides. Tout est dit et rien ne pèse. C'est encore l'un des caractères du génie de Monteverdi que d'être capable à ce point de nous dénuder l'âme, de libérer notre oreille de tout ce qui a pu la saturer, et de nous toucher droit où il faut, et où cela fait mal, presque avec rien : la pointe de la flèche.

La moindre surprise n'est pas celle de la répétition. Entendre ce qu'on a déjà entendu, mais autrement, dans un autre contexte poétique, parce qu'entre-temps les choses ont changé, que les mêmes mots ont un autre sens et qu'on nous demande seulement de faire appel à quelque chose que nous avons emmagasiné dans notre mémoire, et que l'émotion présente doit s'ajouter à la première après l'avoir débusquée en nous. Reconnaître l'émotion que l'on a déjà éprouvée, alors que ce qu'on nous dit est différent, mais qu'on nous demande de faire le lien entre les deux : la musique et d'abord la mémoire.

Quand Eurydice reprend la douloureuse chute *ré-sol* dièse, que nous ne pouvons pas ne pas reconnaître puisque nous l'avons entendue à l'acte premier dans le douloureux pressentiment que nous avons deviné au sein de sa tendresse, que nous l'avons encore entendue il y a un instant, lentement déroulée *(Ah! vista troppo dolce...)* et que cette fois elle y brise sa voix pour nous dire *ed io misera*, « et moi, malheureuse... », c'est bien la reconnaissance que cet intervalle superpose *tout* ce qu'Eurydice est, aime, pleure.

Et comme Monteverdi utilise secrètement tous les moyens que la musique lui propose, la dernière surprise ne sera pas la moindre, mais elle est la mieux cachée. C'est de s'apercevoir qu'en ces dix-neuf mesures, il a fait entendre la totalité de la gamme chromatique, précédant ainsi de trois bons siècles les dodécaphonistes les plus prétentieux, avec sur eux l'avantage que cette structure n'est pas pour lui formelle, intellectuelle, abstraite, que ce n'est pas un « en soi », mais une musique qui émerge directement des mots d'un poème, d'une situation, et d'une âme : et que c'est pour cela justement que les larmes nous viennent aux yeux.

*

CD 2, 11, 1'35

Eurydice a disparu. Son être de chair s'est fondu dans la nuit, tandis que le terrible *spirito*, serviteur zélé d'Enfer, lui assène la loi avec, une fois de plus, les mots de Dante, sous forme d'interdiction éternelle :

Ne più sperar di reveder le stelle

N'espère plus de revoir les étoiles.

La musique permet de dépeindre le silence : elle permet aussi de donner l'impression qu'une voix interrompt une autre et la brise, sans pourtant qu'elles se chevauchent : il suffit de brutaliser l'harmonie, de créer une rupture trop hâtive pour être naturelle.

CD 2, 11, 1'55

Dove te' n vai, mia vita?

Où t'en vas-tu, ma vie?

Orphée titube. C'est encore l'harmonie qui le dit. Je viens de signaler qu'Eurydice nous a fait à l'instant entendre les douze tons de la gamme chromatique : elle l'a fait dans une ligne mélodique continue, rompue seulement sur *io misera*. Orphée va nous faire entendre onze de ces douze sons, mais dans un désordre, une agitation, un tumulte violents et fous. Et il termine, dément, sur une phrase qui reste musicalement en l'air, sans se conclure, en haïssant la lumière vers laquelle une force inconnue l'entraîne : *mi tragge e mi conduce a l'odiosa luce.*

*

CD 2, 12

La majesté de la tragédie antique lui venait en partie de ce que le chœur avait toujours le dernier mot. Les hommes s'agitent, le Destin les fait tourniquer comme des toupies. La grande voix anonyme s'élevait alors pour s'apitoyer, et en même temps pointer sur eux son index : c'est ce que fait, dans une splendeur noire, *le chœur des esprits infernaux*, qui vient redire une fois encore la belle vérité toute teintée de néoplatonisme, et que nous aurions tort d'interpréter en termes de moralisme niais : « La vertu est un rayon de céleste beauté, parure de l'âme... »

Acte V

Sept mois entiers, affirme Virgile, *septem illum totos flevisse*, Orphée pleura sous une avancée de rochers, au bord du Strymon, dans la campagne de Thrace, charmant les tigres et entraînant derrière lui les chênes qui se déracinaient pour le suivre. Seulement sept jours, selon Ovide, mais se nourrissant uniquement de ses larmes.

Sept mois, sept jours : c'est le chiffre qui compte, non la mesure ; ils auraient pu écrire sept ans. Dans la vieille Grèce, comme d'ailleurs partout autrefois, comme à Rome et comme dans la Bible, *sept* veut seulement dire « inchiffrable ». Si Dieu a créé le monde en sept jours, cela ne veut pas dire qu'il y ait passé une semaine, mais un temps qu'il n'est pas possible de calculer.

Monteverdi prend la chose au pied de la lettre : cent vingt-neuf mesures de lamentation. *Troppo, troppo*, dira Apollon en descendant dans son nuage : il ne voudra pas dire qu'il y a trop de musique, mais qu'Orphée se plaint trop longuement.

*

CD 2, 13, 0'58

Orphée commence très lentement, dans son *sol* mineur attitré, et dans le grave de sa voix. Il évoque les paisibles campagnes de Thrace où le voilà revenu après avoir remonté seul le chemin d'Enfer en haïssant la lumière, l'*odiosa luce*. Malgré la morosité mineure de son chant, on le trouverait presque paisible, d'une tristesse tempérée, qu'on ne serait pas loin de trouver morne, presque insensible, après les éclats de douleur dont il nous a déchirés, à la fin de l'acte IV. La Musica dont la *sinfonia* a été jouée au moment où s'est levé le rideau, aurait-elle anesthésié sa souffrance ?

CD 2, 13, 1'26

Questi i campi Tracia, e quest' è il loco
dove passom' il core
per l'amara novella il moi dolore.

Voici les campagnes de Thrace, et voici le lieu
où me perça le cœur,
à l'amère nouvelle, ma douleur.

Mais on remarque assez vite son manque de souffle. Il ne parvient pas à enchaîner ses bribes de phrases, qui nous arrivent entre deux silences asthmatiques :

Poi che non ho più speme
di ricovrar pregando
e sospirando
il perduto moi bene
che posso io più ?

Puisque je n'ai plus d'espoir
de retrouver en priant
en pleurant
et en soupirant
mon amour perdu
que puis-je faire ?

La basse elle-même bouge à peine.

« Que faire, dit-il, sinon me plaindre à vous, douces forêts, autrefois réconfort de mes tourments, quand il plut au Ciel de vous faire languir de mes langueurs ? »

Les « langueurs » ont commencé pourtant à animer quelque chose en lui : car ce n'est pas vraiment aux montagnes et aux forêts qu'il parle : c'est, à travers elles, à lui-même. Et quand il leur dit « vous avez gémi, vous avez pleuré », ce sont ses propres gémissements et ses pleurs qu'il évoque. Lesquels donc ? Ceux du temps où il était amoureux.

Rappelons-nous : c'est ainsi qu'a commencé l'*Orfeo*. Le Pastore I nous décrivait les lamentations d'Orphée avant qu'Eurydice ne lui sourie et ne se fasse *pietosa*, pitoyable ; et il nous racontait déjà comment Orphée se promenait en soupirant dans les forêts, « buvant ses larmes ».

À qui, donc, pense Orphée ? À cette Eurydice bouleversante qui a disparu comme une ombre dans l'obscurité du royaume de Pluton, cette Eurydice non terrestre qu'il ramenait avec lui, et qu'il a perdue ? Pas du tout : il pense à la nymphe bien vivante et bien charnelle qu'il adorait et pour laquelle, déjà baroquisant, il « soupirait ». Et ce sont ces soupirs-là, et seulement ceux-là qu'il est en train de ressasser en s'adressant aux monts et aux rochers :

CD 2, 13, 2'36

ed io con voi lagrimerò mai sempre
e mai sempre dorrommi, ahi ! doglia, Ahi ! pianto !

et moi avec vous je vais pleurer toujours
et toujours je gémirai, oh ! deuil ! oh ! larmes !

C'est à cette évocation, et seulement à ce moment-là que sa voix s'anime, cesse de sangloter par petits lambeaux de phrases distordant l'harmonie. Elle prend de l'ampleur, s'élance pour cette étrange descente narcissique (*ré, do* dièse, *si* bémol, *la, sol, mi…*) où, comme dit Ovide et comme répétait le Pastore, il boit ses larmes, s'en abreuve. Devrais-je dire qu'il les savoure ? Il me semble. Il les considère, les retourne, répète les mots avec des sanglots (*si* bémol, cette septième mineure inattendue) dans la voix :

CD 2, 13, 2'54

Ahi ! doglio ! Ahi ! pianti !

Ai-je écrit « narcissique » ? Voici que la nymphe Écho entre en scène.

D'où vient-elle ? Que vient-elle faire dans cette histoire ? Où est-elle ? On n'en sait rien. On ne sait jamais où elle est, depuis que Junon l'a condamnée à n'être plus qu'une voix sans corps et qu'elle ne peut plus rien faire que poursuivre, de son amour sans chair, ce beau Narcisse qui ne la regarde pas mais se contemple lui-même dans la fontaine, en se délectant de son propre visage : comme Orphée savoure sa douleur.

Écho va désormais scander les paroles d'Orphée en répétant le dernier mot, parfois même la dernière syllabe :

… conforme a tanti guai
– Ahi !

et c'est à elle, vivante puisque la mythologie donne vie à chaque élément de la nature, fût-ce une voix, c'est à elle que désormais Orphée s'adresse : à ce miroir sonore qu'elle lui tend, qui lui renvoie sa lamentation amplifiée et poétisée par le mystère. C'est à Écho qu'il demande de le consoler. Et son chant de gauchir et d'altérer un peu plus l'harmonie jusqu'à parcourir (en neuf mesures) la presque totalité de la gamme chromatique...

Pas un instant, Orphée ne semble penser à la faute qu'il a commise, lui. Quelle faute ? S'être retourné vers Eurydice ? Était-ce une faute ? Et si faute il y a, ne s'agit-il pas d'une autre, plus grave, dont il ne paraît pas même avoir conscience ?

Car de quoi parle-t-il ? Et de qui ? De ses amours passées, de l'instant délicieux où Eurydice, dans cette campagne de Thrace, lui a tendu sa *candida mano*. Mais cette Eurydice-là est morte. C'est sur elle qu'il pleure, sans avoir l'air de comprendre que cette *Venus terrestris*, il ne la reverra jamais et que c'est pour avoir regardé avec ses yeux d'homme la *Venus coelestis* que Pluton l'avait autorisé à emmener avec lui, qu'il l'a perdue.

Qui est donc Orphée ?

Un portrait ne vaut que lorsqu'il nous présente dans un visage la totalité d'une personne, au-delà du temps de pose. La différence entre le buste du cardinal Scipion Borghese par Giuliano Finelli et le même homme sculpté par le Bernin, c'est que dans celui-ci, on voit d'un seul coup tout l'homme, au-delà du temps : le gros poupon, l'enfant rigolard, le prélat satisfait, l'apoplexique qui va mourir dans quelques mois de cette respiration qu'il ne peut plus reprendre, le malin qui vous regarde depuis quatre siècles de manière si aiguë qu'il vous intimide encore, l'insatiable de grosses mangeailles, de tableaux, d'*Enlèvements de Proserpine*, et de son propre buste, mais insatiable de quoi, en définitive ? C'est la question que pose le Bernin.

Monteverdi, j'y reviens, est le premier et peut-être le plus grand portraitiste de l'histoire de la musique, car il nous oblige à nous poser des questions, non pas seulement sur ce que nous entendons, mais sur *qui* chante : les Pastori, la Messaggiera, Proserpine, Pluton, Eurydice… Orphée dans ces campagnes de Thrace nous contraint à reprendre tout ce que nous avons écouté, depuis *Rosa del ciel* : puisque la différence entre un visage peint ou sculpté et un portrait en musique, c'est le temps écoulé.

Avions-nous bien compris qui est Orphée ? Reprenons.

À l'acte premier, on nous l'a présenté comme *demi-dieu* : en effet, nous l'avons aussitôt entendu chanter son invocation au soleil, son père. Pourtant, on nous a dit qu'il pleurait dans les bois la rigueur d'Eurydice : il y a donc bien un demi-homme en lui, et c'est lui qui se retourne vers la nymphe. Est-ce pour la remercier de lui dire « je t'aime » ? Pas tout à fait : c'est pour la remercier de lui avoir tendu sa *candida mano*.

À l'acte II, le demi-homme s'adresse encore aux bois, pour leur demander de se souvenir de ses longs tourments et de ses plaintes : et quand il se souvient d'Eurydice, c'est pour lui dire qu'il bénit les tourments qu'il a éprouvés à cause d'elle. Il faut qu'elle soit morte pour qu'il lui dise *mia vita*. Est-ce pour Eurydice qu'il va descendre dans les abîmes du Tartare, ou est-ce pour *sua vita* ?

À l'acte III, courageusement, avec Speranza, il affirme n'avoir fait ce terrible chemin que pour retrouver les beaux yeux, ou plutôt, comme on disait et comme il le dit, *le beate luci*, les « belles lumières » qui seules lui « apportent le jour ». Il combat, il envoûte Charon, mais c'est pour dire « rendez-moi mon bien, dieux du Tartare »…

À l'acte IV, sa chanson de triomphe en remontant de l'Enfer, suivi d'Eurydice, ne parle d'abord que de sa lyre et de son pouvoir, dont on va faire une constellation. Il jubile et son air dansant a quelque chose d'un peu infatué

– jusqu'au moment où il s'angoisse et se retourne. Pourquoi ?

L'amour d'Orphée pour Eurydice était-il vraiment conforme au *spiritus coelestis*, ou bien le demi-homme amoureux qui est en lui n'était-il sensible qu'à ses propres émotions ? Quand la nymphe Écho lui répond alors qu'il erre, *piangendo e sospirando*, n'aurait-elle pas reconnu en lui Narcisse ?

Rien de tout cela ne diminue la force, ni même la grandeur du personnage d'Orphée, tel que nous le présentent Striggio et Monteverdi. Nous sommes même sensibles à la manière dont celui-ci exagère la violence du désespoir : c'est cette démesure elle-même qui nous a conduits à interroger tout le portrait, à nous poser toutes les questions sur la personnalité d'Orphée demi-homme, comme nous le ferions en scrutant le buste du cardinal Gonzague, à la villa Borghese. Car si nous nous avons admiré l'incroyable discrétion de Monteverdi qui pouvait suggérer tout ce qu'il voulait avec des moyens infiniment savants et jamais insistants, dans ce monologue au contraire, il appuie sur chaque effet. L'harmonie divague : *Troppo, troppo*, va dire Apollon ; mais c'est justement ce *trop* que voulait ici Monteverdi, pour peindre la folie d'Orphée.

Elle va s'adoucir, d'ailleurs, peu à peu, et se transformer en nostalgie : et le plus beau est d'écouter comment cela vient.

Ma tu, anima mia...

Enfin, cessant de parler de ses larmes et de dialoguer avec le miroir d'Écho, enfin il s'adresse à Eurydice... Dans une admirable phrase cinq fois descendante :

CD 2, 13, 5'10

Prendi or da me queste tue lodi estreme

Accepte maintenant de moi ces ultimes louanges.

il annonce qu'il va parler d'elle : et son chant se transfigure, nostalgique encore, mais avec je ne sais quelle effusion tendre que, je crois bien, nous n'avons jamais entendue dans sa voix :

Tu bella fusti e saggia e in te ripose
Tutte le grazie sue cortese...

Tu fus belle et sage et en toi le ciel a déposé
toutes les grâces aimables...

mais il ajoute quelques mots dont va dépendre toute la suite de cet acte V, et le dénouement de l'*Orfeo* :

dont le ciel fut avare envers toutes les autres femmes.

On ne nous dit rien encore au sujet des « autres femmes » ; mais la pensée a dérapé. Orphée s'adresse encore à Eurydice, il la caresse un instant dans sa mémoire :

Tu abritais dans un beau corps une âme plus belle encore

avec une tendre et sans doute sensuelle sixte mineure (sur un accord de septième, mineure aussi) pour « un beau corps ».

Soudain, tout change, avec une terrible brutalité (*sol* mineur – *sol* majeur, sans prévenir). Et voici l'imprévisible diatribe sur « les autres femmes » :

CD 2, 13, 7'05

Or l'altre donne son superbe e perfide
...dispietate, instabili...

Mais les autres femmes sont orgueilleuses et perfides, sans pitié, changeantes, sans jugement, sans nobles pensées, méprisables...

La douceur tendre d'Orphée n'aura duré qu'un instant. L'évocation d'Eurydice justifie-t-elle ce mépris pour la gent féminine? D'où lui vient cette rage que rien ne laissait attendre et qui le fait balbutier en doubles croches avec des sauts de quinte et d'octave?

*

Ici se pose le plus difficile problème, moins psychologique que musicologique et historique, soulevé par l'*Orfeo*. Problème insoluble, il faut le signaler d'entrée de jeu, mais dont il n'est pas possible de ne pas dire un mot.

Il existe deux fins possibles à l'*Orfeo* de Monteverdi : et l'on ne saura jamais laquelle des deux est celle qu'il a composée la première et même, si on veut aller au bout des choses, si elle a jamais été composée...

Une seule est définitive, puisque c'est celle dont il a publié la partition. Mais elle n'est peut-être pas, probablement pas, la première : car le livret qu'avaient en main les spectateurs, le 24 février 1607, nous donne un autre texte.

Cette version nous est parvenue : mais pas sa musique. A-t-elle laissé des traces dans la partition de la seconde (mais est-ce la seconde?)? Il semble que oui.

Tout cela est-il important, puisque nous n'avons qu'une seule musique ? Je le crois.

Mais d'abord, comment s'achevait la vieille légende d'Orphée ?

Virgile raconte sa mort.

« Il pleurait Eurydice [en latin : il poussait des gémissements, des cris plaintifs]. Les mères des Cicones [c'est un peuple de Thrace], indignées de cet hommage, le déchirèrent durant leurs orgies nocturnes dédiées à Bacchus et dispersèrent par les champs ses membres déchiquetés. » Et Virgile ajoute : « Sa tête, arrachée à son cou de marbre et roulant dans les eaux du fleuve Hèbre, sa voix et sa langue glacée appelait encore Eurydice, et les rives au long du fleuve en écho répétaient : Eurydice ! »

Ovide fait à peu près le même récit, avec quelques autres détails nécessaires : car enfin pourquoi ces femmes (et qui sont-elles, avec leurs orgies nocturnes ?) se seraient-elles acharnées sur Orphée ? C'est qu'elles-mêmes, émues des chants amoureux qu'il adressait à son Eurydice perdue, s'empressaient autour de lui. Un chant d'amour anime l'amour. C'est bien connu : une femme amoureuse donne aux autres hommes l'envie de l'aimer ; et un amoureux est plus séduisant qu'un insensible. C'est l'origine de la jalousie. Les femmes de Thrace tournaient donc autour d'Orphée qui ne pensait pas à elles et se dérobait à leurs séductions « soit parce qu'il croyait funeste leur amour, soit par fidélité » : sceptique, Ovide... « Elles ne supportaient pas d'être repoussées. » De sorte, ajoute-t-il, qu'il « reporta son amour sur les garçons ».

Telle est la légende : Striggio l'a transcrite en termes un peu plus violents qu'Ovide : « Orgueilleuses et perfides, impitoyables, changeantes », et Monteverdi encore plus vivement, par ses doubles croches et ses accents véhéments.

Quinci non fia giamai che per vil femina
Amor con aureo stral il cor trafiggami

Ce n'est donc pas pour ces viles femmes
Qu'amour avec sa flèche d'or me percera le cœur.

Ici exactement se situe la bifurcation entre le texte imprimé de 1607 et la partition imprimée en 1609. Ce qu'ont lu les spectateurs à la première représentation, sur le livret qu'ils avaient en main (et donc vraisemblablement ce qu'ils ont entendu et vu), c'est ceci, dont nous n'avons pas la musique :

Orfeo : Ma ecco stuol nemico
Di donne amiche a l'ubbriaco nume...

Mais voici la troupe ennemie
Des femmes amies du dieu ivre...

Nous devons donc imaginer ici l'entrée sur scène du chœur des Bacchantes. Impossible de se représenter comment elles entraient, sur quelle danse bachique et furieuse : à moins que... On verra plus tard.

Orfeo : Sottrar mi voglio a l'odiosa vista
Che fuggon gli occhi ciò che l'alma aborre.

Je me veux soustraire à cette odieuse vue
Car les yeux doivent fuir ce que l'âme abhorre.

Et il sort.

Adieu, Orphée, non pas déchiré en lambeaux, mais fuyant, j'ose à peine dire la queue entre les jambes...

Je pose alors la question : est-ce une fin pour l'*Orfeo* ?

Il n'y a plus rien qu'un chœur déchaîné, des couplets bachiques, et une danse pour bateleuses. Je vais en transcrire quelques fragments, tels qu'on peut les lire sur le livret imprimé qui, par bonheur, nous a été conservé, mais sans musique.

Chœur des Bacchantes :
Evohe padre Lieo
Bassareo !
Te chiamiam con chiari accenti
Evohe ! Liete e ridenti
Te lodiam Padre Leneo
Hor c'habbiam colmo il corre
Del tuo divia furore

Quelques mots sur ce refrain, peut-être intelligible pour un humaniste du XVIe siècle, mais pas pour tout un chacun. *Evohé !* est un cri, ou plus précisément un cri de guerre, ou un cri d'encouragement, celui que poussait Jupiter pour exciter son fils Bacchus lors d'un combat. *Liaeus*, c'est l'un des innombrables surnoms du même Bacchus. Les *Bassares* étaient, en Thrace, des fidèles de Bacchus, qui se livraient à des sacrifices humains et à l'anthropophagie. Les *Lénées* étaient, en Grèce, la fête du pressoir. L'accumulation de ces références érudites étaient-elles destinées aux membres de l'Accademia dei Invaghiti ?

Évohé ! Père Liée !
Bassaré !
Nous t'appelons d'une voix claire,
Nous te louons, Père Lénée !
Maintenant que notre cœur est plein
De ta fureur divine !
Une Bacchante : Il a fui notre droite vengeresse,

Notre ennemi impie, Orphée le Thrace,
Méprisant nos superbes vertus !
Une autre : Il ne se sauvera pas, car plus lourde
Est la colère des dieux, quand elle tombe tard
Sur une tête coupable
Le chœur : Évohé !...
Deux Bacchantes : En attendant, chantons Bacchus
Et que sur tous les modes
Soit bénie sa divinité !

Couplets et refrains des femmes déchaînées se poursuivent un très long moment, avec toujours plus d'allusions aux exploits du dieu ivre (qui combattit les géants, vainquit l'Orient comme un lion, découvrit les vertus du vin) et s'achèvent sur un couplet mariant Vénus et le dieu de la vigne :

Sans toi, la grande déesse qu'honore Chypre
Serait froide et insipide !
Ô toi ! Saveur de tout le plaisir de l'homme
Et de tout cœur affligé délicieux contentement.

On n'a rien contre le vin. Il n'y a rien vraiment qui s'oppose à l'alliance de la déesse de l'amour et du dieu de la vigne, bien que beaucoup de traditions affirment qu'il faut choisir entre l'un et l'autre. La question n'est pas là. Elle est double.

D'abord, ce chœur, dont je n'ai retranscrit qu'une partie, est beaucoup trop long. Interminable même... Ensuite, ses vers sont mauvais : à les lire, on a l'impression qu'ils ont été bâclés et on a peine à y retrouver la finesse dont Striggio a fait preuve depuis les premiers mots de la Musica. Après avoir tant puisé chez Pétrarque, chez Dante pour parler de l'amour, aurait-il poussé la subtilité jusqu'à donner à un chœur de femmes ivres le langage qui leur convient ?

Enfin, et surtout, comment ne pas voir que ce finale imprévisible est une très mauvaise chute ? Qu'Orphée ait été dépecé par les Bacchantes est une chose, qu'il fuie lamentablement, même pour ne pas voir « ce que l'âme abhorre », c'est difficilement supportable, incompatible avec le souci d'élévation, de noblesse et de pureté dont a été d'un bout à l'autre colorée cette transcription de la vieille légende.

C'est pourtant bien là le texte qu'avaient en main les spectateurs et la seule explication qu'on puisse donner à la fuite honteuse et pitoyable d'Orphée, c'est qu'à Mantoue en 1600, dans une salle du palais ducal, il n'était pas possible de représenter sur scène le lynchage du demi-dieu par une bande de poissardes éméchées.

Il est temps de revenir à la partition, avec le finale publié deux ans après la représentation à Mantoue. L'articulation se fait après qu'Orphée a évoqué « le beau corps » et « la belle âme » d'Eurydice, et dit le mal qu'il pensait des « autres femmes ». Il a conclu que ce n'est pas pour elles « qu'Amour de sa flèche d'or [lui] percera le cœur ». Son long monologue s'arrête sur ces mots, avant les quatre vers où il annonçait l'entrée des Bacchantes et prenait la fuite pour ne pas les voir.

Ce qui vient alors est très surprenant après ce qu'on vient d'entendre, mais on le reconnaît dès les premières notes : c'est cette *sinfonia* qui déjà deux fois à l'acte III est arrivée par surprise et qui précédait, chaque fois, une sorte de miracle. La première lorsque Orphée, désespéré par l'abandon de Speranza et violemment agressé par l'irruption brutale de Charon, semblait s'effondrer dans sa douleur : la douce musique éthérée l'avait soudain métamorphosé, et rendu capable d'affronter le nautonier d'Enfer, d'entonner son chant magique, et de tenter de l'envoûter. Une seconde fois, alors que Charon semblait résister, la même musique avait étalé sa nuée sonore : et c'est elle, et non le chant d'Orphée, qui avait endormi le gardien du Styx.

CD 2, 14

Or la voici de nouveau, lente, infiniment douce, ouateuse et irréelle, comme un nuage ; et c'est bien ce que Monteverdi écrit en toutes lettres sur la partition : « Apollon descend sur une nuée *(una nuvola)*, chantant :

> *Perch'a lo sdegno e al dolor in preda*
> *Cosi ti doni, o figlio ?*
>
> Pourquoi à la colère et à la douleur en proie
> Te donnes-tu, ô mon fils ?

En *sol* mineur, bien entendu, comme était la *sinfonia* elle-même et comme parlent les dieux, en une lente mélopée apaisante, sans aspérités, et pourtant montante, attirante comme serait un aimant.

Apollon commence alors quelque chose qu'il ne faudrait pas prendre pour un petit sermon moralisateur. C'est un dieu qui parle, et un père. Il apparaît dans sa gloire (au théâtre, au XVIIe siècle, un nuage s'appelle « gloire »), dans le nimbe de beauté et de paix qui l'entoure. Il est le dieu du beau. Il est le père de l'harmonie. C'était vrai du temps des Grecs, ce l'est encore plus depuis Marsile Ficin. Il est celui dont Orphée chante dans ses Hymnes, que Ficin a traduits lui-même : « Tu es celui dont la lyre harmonise le monde, πάντα κιθάρῃ πολυκρέκτῳ ἁρμόξεις, et qui règle le destin des hommes par la musique.»

Ne nous trompons donc pas de langage : ce que chante Apollon n'est pas un sermon, mais une très paternelle exhortation, du haut de son nuage «d'or», portant sa lyre «d'or» : et si cette musique est si étale, ne doutons pas que ce ne soit pour trancher plus franchement sur l'exaltation et la fébrilité dont Orphée vient de faire preuve dans ses cent vingt-neuf mesures d'égarement :

Ce n'est pas, ce n'est pas…
[presque tendre : *non è, non è…*]
… la marque
D'un cœur généreux
Que d'être esclave de ses émotions.

Puis il se fait insistant, toujours avec ses répétitions de mots :

CD 2, 14, 2'55

Troppo, troppo gioisti
di tua lieta ventura

Trop, tu t'es trop réjoui
De ton heureuse aventure.

Serait-ce qu'Apollon reproche à Orphée cette désinvolture qu'il avait en chantant son air, tandis qu'il remontait des Enfers en s'attribuant tout le succès?

Or troppo piagni

Et maintenant tu pleures trop…

Cet Apollon serait-il philosophe, disciple d'Épictète, de Zénon, de Sénèque et des stoïciens, prêchant l'insensibilité et l'impassibilité de l'âme ?

Ce n'est pas cela. Sénèque ne croyait pas en la vie éternelle. Apollon y croit, pour de bonnes raisons, puisqu'il est dieu. Orphée y croit aussi, puisqu'il est fils du dieu. Ce que le père reproche au fils, c'est plutôt son inconséquence. À quoi bon avoir chanté *Rosa del ciel* avant de s'adresser à Eurydice, si c'est pour oublier que l'amour, le véritable amour, est tout entier *spiritualis* ? Apollon, discrètement, met le doigt sur la faute. Orphée avait-il assez entendu ses propres *Hymnes*, ceux qu'on chantait à la villa Carregi en son honneur, que Marsile Ficin récitait en s'accompagnant de sa *lira orfica* et qu'il a traduits :

Œil éternel, toi qui vois tout, écoute-moi,
Radieuse lyre ouvrant les voies de l'universelle harmonie
Écoute ma prière, révèle-nous
Les mystères de la vie heureuse…

C'est pourquoi Apollon enchaîne aussitôt :

Si donc tu veux jouir de la vie immortelle,
Viens avec moi qui t'y invite.

Orphée ne semble pas comprendre tout de suite. Le demi-homme en lui résiste encore. Une minute de trop, il semble confondre son Eurydice « au beau corps abritant une belle âme », cette *Venus terrestris* qu'il pleure trop, avec l'autre, celle qui se trouve à droite sur le tableau du Titien, *Venus coelestis*, plus belle encore dans cette nudité tendre qui est le symbole de sa pureté même, comme si la chair était ici en charge de transcrire ce qui n'est pas charnel.

Et Orphée de poser, une dernière fois, la question que se pose le demi-homme qui est en lui :

CD 2,14, 4'

Ainsi je ne verrai plus les doux regards
[il chante « doux rayons, *i dolci rai* »]
de ma chère Eurydice ?

Et Apollon, en *ré* mineur, pour se mettre à la portée de cet esprit décidément bien lent :

Nel sole e ne le stelle
Vagheggerai le sue sembianze belle.

C'est dans le ciel et dans les étoiles
Que tu retrouveras ses beaux traits.

Ainsi, Orphée se trouve ramené à ce que pourtant il savait bien, dès la première note qu'il a chantée, en s'adressant à la *rosa del ciel* pour pouvoir dire son amour à Eurydice. Le véritable amour passe par là.

Et, une fois de plus, nous sommes ramenés, nous aussi, à ce que Dante avait dit le premier. Lui aussi était descendu en enfer, il avait pleuré en rencontrant Francesca da Rimini, mais c'est, après des milliers de vers, au Paradis qu'il avait trouvé Béatrice, et la *rosa del ciel*, l'une dans l'autre et l'une par l'autre :

Ne giallo de la rosa sempiterna
Che si digrada e dilata e redole
Odor di lode al sol che sempre verna
Mi trasse Beatrice et dice « Mira! »

Au cœur jaune de la rose éternelle
Qui monte et se dilate, exhalant
Son parfum de louange au Soleil d'un printemps éternel
Béatrice m'entraîna et dit : « Regarde ! »
(*Paradiso*, XXX, 124)

*

Aussitôt, Apollon entraîne Orphée et l'on retrouve ce que Monteverdi écrivait sur le chant des dieux et celui des hommes : Orphée, demi-homme, *récitait* en se lamentant ; il reprend son *cantar di garbo* divin dès qu'il suit Apollon. Or le mouvement, l'élan de cet envol à deux inspire à Monteverdi non pas seulement un moment de sublime musique, mais une innovation capitale dans l'histoire de la musique : voici le premier *duo* d'opéra. Et Dieu sait s'il allait y en avoir, durant quatre siècles...

Bien entendu, on avait déjà chanté à deux voix : mais on n'avait jamais construit un air de telle manière que les deux lignes mélodiques soient à la fois parallèles, en forme de poursuite, de question-réponse : Monteverdi écrit tout cela à la fois, avec en outre le dessin de la montée vers le ciel, l'incroyable virtuosité vocale que demande cette page.

Ainsi, une fois de plus, il a suffi à Monteverdi de suivre l'image contenue dans un mot ou dans un vers (*saliam cantando al ciel*, « montons en chantant au ciel »), d'aller jusqu'au bout de ce qu'implique la possible transcription musicale de cette image, pour inventer une forme, une structure sonore dont personne n'avait encore eu l'idée : Apollon et Orphée dessinant ensemble une montée où le parallélisme de leurs voix fusionnées ne dessine plus qu'un seul chant.

Le génie de cet homme est désarmant.

CD 2, 16

À peine le nuage a-t-il disparu qu'éclate une musique dansante, joyeuse, avec un chœur plein d'allant et de verve : « Va, Orphée, pleinement heureux, jouir des honneurs célestes... » et qui conclut, comme le chœur antique, par une petite morale : « ... Celui qui sème dans les larmes recueille le fruit de toute grâce. » Si belle que soit cette musique, on ne peut s'empêcher d'éprouver le sentiment d'une rupture de ton, et aussi de noter, pour la première fois, l'absence de lien entre les mots et les sons. On n'a pas tout à fait tort : et on va voir que le problème n'est pas simple...

*

Des deux fins possibles de l'*Orfeo*, bachique et apollinienne, laquelle fut d'abord composée ? Quelle est la bonne ? Ce sont deux questions différentes... Quand on est musicologue, ou historien de l'art ou de la littérature, on se pose de préférence la première : on radiographie les tableaux pour contrôler les « repentirs », en espérant qu'il y en a beaucoup car c'est plus intéressant ; ou bien on publie les « premières versions » de Racine en supposant que c'est plus du Racine que Racine corrigé par Racine. Mais on peut aussi se poser la seconde question : y a-t-il une version « meilleure » que l'autre ? Il y a même une troisième question, subséquente : quand il y a deux versions, pourquoi a-t-on changé ?

Le finale bachique de l'*Orfeo* a pour lui deux arguments de poids. D'abord sa plus grande conformité au mythe, même si la fuite d'Orphée ne se trouve nulle part ailleurs. Le second est que les spectateurs de la première représentation avaient en main le texte imprimé en 1607, et qu'il paraît bien invraisemblable qu'on leur ait fait lire une chose et entendre une autre.

Retournons ce second argument : on le peut aussi facilement qu'un doigt de gant. On a pu affirmer que la fin apollinienne était la plus ancienne, mais que la descente d'Apollon sur son nuage aurait demandé un vrai théâtre avec des machineries, des poulies et des cabestans : or le théâtre du palais ducal ne sera construit que l'année suivante et servira au printemps de 1608 pour les noces de Francesco Gonzaga. *L'angusta scena* dont se plaint Monteverdi dans sa préface ne pouvait évidemment permettre une telle mise en scène : on écrivit donc, en hâte, une nouvelle fin. Cet argument aurait le mérite d'expliquer pourquoi les vers de Striggio sont moins bien venus.

Retournons une deuxième fois ce second argument : les vers du chœur bachique collent exactement à la musique que nous donne la partition sur d'autres paroles. À une syllabe près, on peut chanter l'un ou l'autre : donc rien ne prouve que l'un soit l'original plutôt que l'autre. Est-ce le chœur des Bacchantes, ou celui des Pastori soudain rentrés sur scène ?

CD 2, 16, 1'50

Une petite carte nouvelle, pour troubler le jeu. Ce chœur vif et allant est enrobé dans une danse, encore plus leste, intitulée *moresca*, dont le rythme endiablé n'a rien à voir à l'origine avec les Maures, mais avec les bouffons, les bateleurs, les fous de cour, qu'on appelle en latin *morio*. C'est une sorte de pantomime burlesque qu'on danse avec des grelots aux jambes, et des sabres de bois à la main, en cabriolant. Bien entendu, à cause de son nom, elle a été contaminée par les Turcs et les Maures. Elle convient donc parfaitement à des Bacchantes ivres. Mais est-ce une fin opportune, quand Orphée vient de monter au ciel avec Apollon ? N'est-elle pas (et le chœur final lui-même, quelles qu'en soient les paroles) mal à sa place ?

Le problème est donc insoluble, de quelque manière qu'on le retourne. Il n'est pas plus plausible que la bacchanale soit l'original et qu'on l'ait transformée en l'espace d'une semaine pour rendre la fin présentable « pour les dames ». Peut-être, simplement, cette fin en forme de bacchanale avait-elle déçu. Peut-être même était-elle difficile à comprendre. Au siècle de Lévi-Strauss, notre réflexe est toujours de chercher dans un mythe sa version « primitive » (aujourd'hui, on dit « première »). Ce n'est pas ainsi qu'on raisonne en 1600 et la mort bachique d'Orphée, même si on sait son Virgile et son Ovide sur le bout du doigt, est moins familière que le chemin qui mène Dante au Paradis retrouver Béatrice.

Après tout, si les Bacchantes datent de 1607, Monteverdi a pu trouver, lui aussi, que cette fin n'était pas bonne. Et de toute façon il n'a publié sa musique, en 1609, puis en 1615, qu'avec le final apollinien : cela devrait nous convaincre que c'est le bon. Orphée disparaît avec Apollon dans les sphères célestes. Si l'on en croit Dante, la première chose qu'il découvrira en arrivant, c'est Eurydice transfigurée :

> Sans répondre, je levai les yeux
> Et je la vis qui se tressait une couronne
> Des rayons éternels réfléchis sur elle.
>
> (*Paradiso*, XXXI, 70)

Il me semble d'ailleurs que, seule, cette fin est compatible avec le reste de l'œuvre, en cohérence avec elle. On s'est parfois moqué de ce « happy end » descendu du ciel, qu'on a qualifié d'artificiel, de fabriqué, de « convenu ». Il est bien vrai qu'on a vu tant de *dei ex machina* au théâtre et à l'opéra, que la simple apparition du nuage d'Apollon fait sourire les gens sérieux.

Il faut leur dire qu'ils se trompent absolument. Cette fin est au contraire non seulement logique, mais la seule raisonnable, à condition qu'on ait replongé l'œuvre entière dans le contexte de la Renaissance et de sa conception du monde, et qu'on se soit baigné soi-même, en l'écoutant, dans ce à quoi on était alors sensible. C'est nous qui avons perdu la foi (osons ce mot) dans l'harmonie céleste à laquelle croyaient, si cruels qu'ils aient parfois été, les hommes de ce temps...

Relisons ceux que j'ai appelés les *témoins*. Baldassare Castiglione est le meilleur d'entre eux ; il a transcrit en termes aimables et même ici lyriques, ce qu'on pensait : que l'amour (platonicien, non pas platonique) est la clef de l'univers, et que c'est par lui, si on le prend comme il faut, qu'on accède « au plaisir et à la paix » qu'Apollon vient de promettre à Orphée ; ce texte est une clef pour l'*Orfeo*, comme pour tant d'œuvres que nous aimons sans toujours saisir leur sens, qu'elles soient de Mantegna, du Titien, de Michel-Ange (ses poèmes disent-ils autre chose ?), de Pétrarque ou de Pietro Bembo : « Quelle langue mortelle, ô amour très saint, pourra dignement le louer ? Toi, le très beau, le très bon, le très sage, tu procèdes de l'union de la beauté, de la bonté et de la sagesse divines, tu demeures en elle et, par elle, tu reviens vers elle, en un cercle. Toi, le très doux lien du monde... Donne-nous le bien véritable et assuré. Fais-nous sentir ses odeurs spirituelles qui vivifient les vertus de l'intellect, et entendre l'harmonie céleste si bien accordée qu'aucune discordance de passion ne puisse plus prendre place en nous... » (*Il Cortegiano*, 4, LXX).

En lisant ces mots, il faut avoir sous les yeux les deux petits amours du Titien : celui dont il s'agit n'est pas celui aux yeux bandés, mais l'autre. Et surtout *Le Printemps* de Botticelli où la tendre nymphe dansante que le petit amour transperce de sa flèche regarde Mercure qui lui montre le ciel. Au temps de Monteverdi, nous n'avons pas quitté le temps d'Isabelle d'Este, où l'on pensait par allégories. L'*Orfeo* tout entier doit se lire et s'écouter ainsi.

Voulez-vous la preuve? Prenez une phrase clef de Pic de la Mirandole, qui n'est pas d'une lecture facile; mettez des personnages à la place des abstractions et lisez. Vous mettez Orphée à la place du mot *homme*, *Apollon* au lieu d'*intellect*; et enfin *Eurydice* là où vous lisez *félicité* : « S'élevant de perfection en perfection, l'homme atteint ce degré où son âme est entièrement unie à l'intellect et où l'homme devenu sage, enflammé tout entier de cet amour semblable à celui des anges, telle une matière sainte saisie par le feu et transformée en flamme par la puissance de l'âme, volant jusqu'au ciel intelligible, se repose dans les bras du Père primordial et y trouve la félicité » (Pic de la Mirandole, *Commentaire* sur le *Convivio* de Marsile Ficin).

On ne peut plus alors sourire du nuage d'Apollon ni du *deus ex machina*; et on a, je pense, compris *Orfeo*.

Épilogue

Dans l'histoire des arts, il est des œuvres qui, outre leur beauté propre, semblent ouvrir une infinité de fenêtres, tracer des allées, défricher des points de vue, inventer ou suggérer des formes, des idées, des manières : par exemple celle de Franz Liszt. Certaines, même, ne font presque que cela. Il en est d'autres qui portent à leur point d'aboutissement des chemins longuement tracés avant elles, au point parfois que leur auteur paraît fermer toutes les portes tant il paraît impossible de refaire après lui ce qu'il a fait. Qui peut, après Bach, composer une fugue sans penser à lui ? Il clôt cinq siècles de polyphonie. Qui peut écrire une tragédie après *Phèdre* ? Voltaire s'y cassera les dents.

L'*Orfeo* n'est pas seulement une œuvre musicale majeure : c'est à la fois une fermeture et une ouverture.

Il contient, transcrit et conduit jusqu'à son terme l'essentiel du message musical de la Renaissance. Ce que les madrigalistes avaient, avec souvent un charme et un pouvoir d'émotion admirables, cherché, désiré, mené à bien, il le porte à son point d'épanouissement. Monteverdi donne au madrigal ses derniers flamboiements, et en même temps il le détruit en le poussant jusqu'au terme de sa logique interne, donnant à des personnages le pouvoir d'exprimer l'émotion en leur nom propre.

L'*Orfeo* ouvre ainsi la porte à un autre art, qu'il devine, qu'il pressent, sans pourtant en être tout à fait, et qui va s'élaborer après lui (immédiatement après : dès l'*Arianna*, par le peu qu'hélas nous en savons). L'*Orfeo* n'est pas encore un véritable opéra : mais tout l'opéra y est inclus. Il n'appartient pas encore à ce qu'on appellera « l'âge baroque » ; mais on ne peut pas aller au-delà sans que le baroque apparaisse : les lamentations d'Orphée, les courtes apparitions d'Eurydice, le duo déjà dramatisé de Pluton et de Proserpine sont déjà des scènes « en situation », et ont acquis leur potentiel de puissance dramatique.

Le génie de Monteverdi est d'avoir opéré ce renversement dans la douceur. Il n'a rien renié. Il clôt la Renaissance, met un point final à l'ère du madrigal, oriente les vieilles formes vers des voies nouvelles en les épanouissant et non en les détruisant. Il ne crée pas l'opéra *contre* le madrigal : il l'en fait sortir. De même que l'*Orfeo* est à la charnière de la musique et de la littérature, de même qu'il croit encore à la danse des étoiles et à l'harmonie du monde (vingt ans plus tard, après Galilée, ce sera devenu impensable), il parvient à concilier deux musiques contradictoires, sans qu'elles se contredisent.

Dans l'*Orfeo*, Monteverdi fait accoucher la Renaissance et c'est le Baroque qui va en naître.

Chronologie

	Repères historiques	Histoire de Mantoue	Littérature et arts
1453	Prise de Constantinople par les Turcs		
1461	Louis XI roi de France		
1465			Première imprimerie en Italie
1469	Laurent de Médicis à Florence		
1469			Marsile Ficin traduit Platon
1474		Naissance d'Isabelle d'Este	
1475			Naissance de Michel-Ange
1480		*La Favola d'Orfeo* de Poliziano représentée à Mantoue	
1485			Botticelli : *La Naissance de Vénus*
1490		Mariage d'Isabelle d'Este et Francesco Gonzague	
1492	Découverte de l'Amérique		
1495			Mort d'Ockeghem
1498	Savonarole brûlé à Florence		
1499			Mort de Marsile Ficin
1501			Michel-Ange : *David*
1503			Léonard de Vinci : la *Joconde*
1506		Mort de Mantegna à Mantoue	
1506			Début de la construction de Saint-Pierre de Rome
1509			Michel-Ange commence la Sixtine

	Repères historiques	Histoire de Mantoue	Littérature et arts
1509			L'Arioste : *Roland furieux*
1510			Mort de Botticelli
1513	Mort du pape Jules II		
1514			Titien : *L'Amour sacré et l'Amour profane*
1515	François Ier. Marignan		
1517	Luther : 95 thèses		
1519	Charles Quint empereur		
1519		Mort du duc Francesco. Avènement de Federigo	
1519			Mort de Léonard de Vinci
1520			Mort de Raphaël
1523		Giulio Romano s'installe à Mantoue	
1525			Naissance de Palestrina
1527	Sac de Rome par les lansquenets		
1532			Rabelais : *Pantagruel*
1532			Naissance de Roland de Lassus
1533			Mort de l'Arioste
1539		Mort d'Isabelle d'Este	
1540		Mort de Federigo. Avènement de Francesco II	
1541	Calvin à Genève		
1543			Copernic : *Des révolutions des orbes célestes*
1545-1563	Concile de Trente		
1547	Mort de François Ier		
1550		Guglielmo duc de Mantoue	
1556	Abdication de Charles Quint		
1559	Fin des guerres d'Italie		
1562		Construction de Santa Barbara	
1564			Mort de Michel-Ange
1564			Le Tintoret : *Crucifixion*
1565		Giaches de Wert maître de chapelle à Mantoue	
1567			Naissance de Monteverdi à Crémone
1571	Bataille de Lépante, arrêt de l'expansion turque en Europe		
1572	Saint-Barthélemy		
1573			Le Tasse : *Aminta*
1573			Véronèse : *Noces de Cana*
1576			Mort du Titien
1576			Florence : *camerata* Bardi

1582			Monteverdi : première publication à quinze ans
1586		Le Tasse à Mantoue	
	REPÈRES HISTORIQUES	HISTOIRE DE MANTOUE	LITTÉRATURE ET ARTS
1587		Vincenzo duc de Mantoue	
1588			Mort de Véronèse
1589			Fêtes musicales à Florence
1589	Henri IV roi de France		
1590		Monteverdi s'installe à Mantoue	
1590			Guarini : *Il Pastor fido*
1592	Mort de Montaigne		
1594			Mort de Palestrina et de Roland de Lassus
1596	Naissance de Descartes		
1596		Mort de Giaches de Wert	
1598		Représentation du *Pastor fido* à Mantoue	
1599		Vincenzo rencontre Rubens	
1600		Rubens s'installe à Mantoue	
1600			*Euridice* de Peri à Florence
1601		Monteverdi maître de chapelle à Mantoue	
1603		*IVe Livre de madrigaux* de Monteverdi	
1605		*Ve Livre de madrigaux* de Monteverdi	
1606			Naissance de Rembrandt
1606			Naissance de Corneille
1607		*Orfeo*	
1608		Monteverdi : *Arianna*	
1610	Mort de Henri IV		
1610		Monteverdi : *Vêpres*	
1610			Mort du Caravage
1612		Mort du duc Vincenzo	
1613		Monteverdi quitte Mantoue pour Venise	

Table

Cet ouvrage a été réalisé en Garamond par Palimpseste à Paris

Impression réalisée sur CAMERON par
BRODARD ET TAUPIN
La Flèche

pour le compte des Éditions Fayard
en mars 2002

Imprimé en France
Dépôt légal : mars 2002
N° d'édition : 20478 – N° d'impression : 11902
ISBN : 2-213-61173-4
35-33-1373-6/01

p. 109 112/113 116 120/121 à 129

138 134 à 143 149 150

161 à 165

171 176

199 à 202